U0938045
FONGHONG

长篇小说

盲校

吴可彦 著

四川文艺出版社

图书在版编目（CIP）数据

盲校 / 吴可彦著. -- 成都：四川文艺出版社，2023.1

ISBN 978-7-5411-6324-1

Ⅰ. ①盲… Ⅱ. ①吴… Ⅲ. ①长篇小说—中国—当代 Ⅳ. ①I247.5

中国版本图书馆CIP数据核字（2022）第220472号

MANG XIAO

盲　校

吴可彦　著

出 品 人　张庆宁
责任编辑　陈润路　王梓画
特约编辑　曲安娜
出版统筹　孙小野
封面设计　金牍文化 · 车球
责任校对　段　敏

出版发行　四川文艺出版社（成都市锦江区三色路 238 号）
网　　址　www.scwys.com
电　　话　010-64959786（发行部）　028-86361781（编辑部）

排　　版　北京凤凰联动图书发行有限公司
印　　刷　河北鹏润印刷有限公司
成品尺寸　145mm × 210mm　　开　　本　32 开
印　　张　8.25　　字　　数　190 千
版　　次　2023 年 1 月第一版　　印　　次　2023 年 1 月第一次印刷
书　　号　ISBN 978-7-5411-6324-1
定　　价　56.00 元

目录

楔子

城市的西边飘起一团黑雾，裹住方圆十里所有的光，为了白天能环保，无数小工厂把毒气存到夜深人静的时候才排出，排得嗞嗞作响、畅快淋漓，烟雾缭绕的场景正好让鬼族跳到地面开仙境派对。

“呼呼呼……呜呜呜……”

一辆奔驰车在坑洼的水泥路上颠簸着前进，车顶有两只小鬼在哇哇地跳跃。车里只有司机一个人，他下车撒了一泡尿，一方面确实尿急，一方面听说热乎乎的尿液对打破鬼打墙有奇效。

油表闪着危险的红光，奔驰车已经在这一片转了两个多小时，原先陌生的道路已经非常熟悉。他的双手忍不住发抖，看来天亮之前不可能逃出这个魔鬼雾区。一只小鬼趁他开门撒尿的空当钻进车里，坐在副驾驶的位置对着他笑。司机总觉得身边有人，可是座位又明明是空的，车里仿佛开了冷气，他决定放弃，就在这个时候他的眼前突然出现了一道铁栅栏门。

铁门里是无限空洞的黑，即将撞上铁门时司机才忽然惊醒，狠狠地踩下刹车，轮胎与地面摩擦的咆哮声响彻凄凉的夜。

铁门前趴着一群猫，仔细一看，原来铁门里的猫更多。猫群并非趴在地上休息，而是用前爪在地上一边摸索着一边慢慢地爬行，那个样子怎么看都不太正常。

司机把远光灯切成近光灯，正好和离得最近的一只猫四目相对，那只猫空洞洞的眼窝里什么都没有，似笑非笑的猫脸像是一张面具。司机抽了两张面巾纸擦汗，残留的纸屑沾在他的耳边，车窗虽然紧闭却还是能听到凄厉的猫叫，原来他的眼前是一群瞎猫。

他看到铁门的旁边挂着许多铁质的奖状，奖状上的字看不清，但右上角有两个大字比较显眼，“盲校”。

上

观盲世

一

盲校和普通的学校在形式上没什么不同，有小学有初中，还有高中，一共一百多个学生，有风声有雨声，有琅琅读书声，有上下课的铃声，教学楼有四层高，远远看去像一个捐款箱。

夜深的时候学校里到处都是猫叫，叫声像婴儿的啼哭，传说这样的猫是婴儿夭折后的转世投胎，哭声跌宕起伏，像循环往复的轮回，似一群猫和一群婴儿一起叫魂。失眠的林晨听着这样的哭叫声，只觉得一阵阵阴风从黑暗中吹来。

到盲校一个多星期了，林晨还没睡过一个好觉，这个学校有许多同学在修炼“灵魂出窍术”，他们想在睡眠状态下让自己的灵魂从身体里飞出。许多先天全盲的同学希望自己的灵魂能脱离肉体看看这个世界，看一眼也好。

出窍成功的标志是能看到躺在床上的自己，他们对自己的样子也十分好奇，还没有人出窍成功，却搞得到处都是恐怖的气氛。

没关紧的水龙头在林晨头边滴着水，滴答滴答，像小和尚敲木鱼。据说这样的水声有催眠的作用，林晨却听得越发清醒，他认为灵魂出窍只是梦的一种形式，出窍术的口诀和准备工作无非是自我催眠，在催眠状态下梦见自己的灵魂从身体爬出，那么就会觉得自己灵魂出窍了。

不过如果某个先天全盲的同学真的能在梦里看见，能看见自己的脸并且描述出来，那就可以证明灵魂出窍的真实性。希望他们永远不会成功。

林晨的铁床靠着水房，要是没拉蚊帐就可以爬上身边的窗户，伸出手把水龙头拧紧，但是蚊帐是必须要有的，无数的蚊子正在蚊帐外嗡嗡直响，找寻着杀进城池的通道。在开始住宿生活的前几天，林晨就因为不懂得把蚊子赶出蚊帐而被十几只蚊子整夜围攻，把头藏进被子里才能勉强睡着，憋得发晕的时候想起初中时背过的课文《藤野先生》,鲁迅说:“在这呼吸不息的地方，蚊子竟无从插嘴，居然睡安稳了。”

大小蟑螂滑溜溜地在地板上穿梭，它们大多数无声无息，只有两只已经学会起飞的大蟑螂咔嚓咔嚓地响，有时忽然啪啪地飞一下，互相示威，在这个已经躺了十三个人的宿舍里争夺天下。

在这潮湿的南方，宿舍里总是蒸腾着一股怪味，小便和大便总是落在便坑的边缘。全盲的小学生还没学会怎么上厕所，每个宿舍都安排一半小学生一半中学生，为的是让中学生照顾小学生，于是中学生上厕所前常常需要先提一桶水，做一点简单的处理。

此时厕所正蒸腾着刺鼻的臭味，刚才杨坤起床撒了一泡尿，杨坤撒尿虽然很有准星，可惜从来不懂得冲厕所。他虽然二十四岁了，读的却是小学三年级，十几年前的一次车祸停止了他的智力发育，虽然眼睛没有问题，杨坤依然不知为何被送进了盲校。十几年来，杨坤一直在盲校生活，他没有时间的概念，生活在永恒当中，是这所学校的纪念碑。

喜欢发号施令的庄淳大声地打着鼾，庄淳是一个孤儿，因为出生时就失明，庄淳的父母果断将他遗弃。盲校里有许多孤儿。

庄淳在宿舍里年龄最大，二十九岁，不断留级，才上到初中二年级。他八岁前在孤儿院，八岁后在盲校，算起来已经在盲校待了二十一年，是盲校的活化石。

一个人在一个地方待久了，就会觉得自己是主人。庄淳喜欢把脚架在全盲小学生的头上，全盲小学生不敢反抗。他还能指挥宿舍里的两个小学生，这两个小学生是低视力，做了庄淳的眼睛和左膀右臂，甚至连杨坤都愿意听庄淳的。庄淳的确有一种过人的气魄，一米九的身高驼成一米七，张开嘴巴笑的时候露出一排尖锐的牙齿，空洞的双眼黑而深邃。于是每当杨坤发病闹事，只要庄淳上去恐吓几声就万事大吉。

“啊呜——”窗外发出一声可怕的惨叫，林晨霍地从床上坐起——那是什么声音？好像一个孩子突然受到了伤害，“呜呜……呜呜”，片刻沉寂之后又传来两声痛苦的呻吟，是猫叫。

林晨重新躺下，也许是猫跟猫打架，其中一只受到了致命一击。可是猫和猫一般不会厮杀得多么凶猛，林晨从来没见过猫之间发生撕咬，猫是一种优雅的生物。

那只受伤的猫继续呻吟，其他的猫重新哭叫，宿舍里的人们还是睡得安稳，林晨也在不知不觉中睡去。

早上六点半就必须起床，林晨穿好衣服，还来不及洗脸就迷迷糊糊下了楼，六点四十分是广播体操时间，迟到的话要扣除宿舍的卫生成绩。

操场边缘有一棵大樟树，树荫盖住半个操场，阳光照射在盲校和照射在其他学校并没有什么区别，这里的建筑物和其他学校也没什么不同，但是盲校的学生只能用差异很大的目光来观察这个世界。

盲校里大概三分之一的同学没有光感，有的同学只有光感却什么也看不见，有一部分同学能看见，被称为低视力。低视力同学看得模糊，那模糊的程度又有区别，如林晨看见的世界会不断变化颜色，同一堵墙此时是白色，五分钟后可能就看成了黄色,过五分钟再看又是粉色。还有同学视野不全，当他们看向前方，看到的是分裂斑驳的块状空间，比如望向一个人，那个人往往只露出头和脚，躯体被眼中不知什么东西遮住，要把那个人看全就需要摇头转眼调整各种角度。

“等下让你看个东西。”林晨正仰头看着天上的白云出神，伟明神秘地凑到他耳边说。

“哦？”林晨看了看四周，觉得自己刚刚回到这个拥挤的现实，“你说看什么东西？”

“等下你就知道了。”伟明和林晨不在一个宿舍，清早时做体操的队形按照宿舍分列，体操的音乐已经响起，伟明赶紧去了自己的队列。

伟明是林晨在高一年级的唯一一个同学，由于高一学生太少，他们被并入初三班上课，学校为了解决他们两人的上课问题，发明出一个初三高一合班。

林晨并不会做这套广播体操，因为和自己初中时学的不一样，他只好照着斜前方的一个瘦高女生做动作。

林晨最近见过那个女生几次，她是高三的学生，常常和男生在走廊上打打闹闹，他听别人好像叫她周西云，却又不敢找人确认。有一次打开水时在生活教室和她遇见，旁边没有别人，她因为视力不好，把眼睛凑到热水瓶口去看水满到哪里，林晨吓了一跳，怕冒起的水蒸气伤了她的眼睛。他正想推开她，她却已经自然地抬起了脸，丝毫没有注意到一边紧张的林晨，原来她打开水的时候总是这样，从来也没烫伤过。

她早晨身穿一套白色上衣、蓝色短裤的运动服，齐刘海，长发披肩，修长的腿虽然太瘦却有一种特别的美感，做体操的动作突兀得可爱，和她在走廊上传出的笑声一样。

看着周西云，林晨觉得自己是黑暗深渊，而她是照进深渊的光，光一来，深渊中的野兽就开始苏醒，这种感觉用一个成语形容就是蠢蠢欲动。

清晨的凉风吹起来特别舒服，盲校的学生把广播体操做得很好，虽然大部分同学完全看不见，但是做起广播体操却一点都不含糊，每个纵队由视力最好的同学带头，末尾有另一个低视力的看着队形。

盲校对广播体操的重视胜过高考百倍，即使是杨坤这样的学生，老师也一定要把他教会，每天早上起床做一遍，上过第一节课后再做一遍，有领导或是慈善人士来参观的时候更要特别地再做一遍。把广播体操做得整齐，做得漂亮，做得出神入化、匪夷所思，这是盲校学生自强不息的标志。

学习了几天，林晨差不多已经可以跟上广播的节奏了，不远处的伟明则站着一动不动，只是随着节拍轻轻摇摆。摇摆并不是因为音乐好听，而是因为伟明不仅眼睛患有先天性白内障，右腿还患有小儿麻痹，右腿比左腿略短而且无力，这样的摇摆可以让承重的左腿得到放松。

终于熬过了十节体操，操场上的低视力学生带着全盲同学散场，有的低视力学生要带五六个全盲同学，他们排成一个纵队，双臂伸直搭着肩膀前进，有的低视力学生不带人，迅速跑上宿舍楼去抢卫生间，还有一些全盲同学没有人带，沙沙地拖着鞋子慢慢朝着宿舍楼走去。

等低视力同学走完，林晨和伟明肩并肩来到一片草地边，伟明扶着林晨，伸出右脚掀开半人高的草丛，一只奄奄一息的黑猫正蜷曲在里面。

“是它。”林晨说，看来昨天惨叫的猫就在眼前。

“你认识它？”伟明有些疑惑。

“不认识，我昨天晚上听到有猫惨叫，看来就是它，你看这边就有血。”

“我知道，你看它的眼睛。”

猫一直仰着脸，似乎在寻找天空，猫是黑色的，猫的眼眶里也是黑洞洞的。

林晨视力不好看不清，先俯下身去看，又忽然往后退了一步，差点把伟明拉倒。草丛重新合上，林晨觉得那只猫的脸十分可怕，却又不知道可怕在哪里。

“它的眼睛被挖了。”伟明说。

林晨头脑一阵眩晕：“怎么、怎么会这样？”

“我早上六点就下来了，它趴在草丛边，我就把它放了进去，要不然生活老师肯定要把它扔垃圾桶去。”

“猫会把其他猫的眼睛挖掉吗？”林晨问。

“我觉得不会，猫的爪子干不了这个，最多挖走一只眼睛，不可能两只。”

一阵凉风吹过，林晨打了一个寒战，“难道半夜有人出来挖猫的眼睛？”

“你们两个在这边干什么呀？”生活老师王秀莲笑呵呵的沙哑声音从背后传来，又把林晨吓了一跳。

“呵呵呵。”王秀莲是一个四十岁出头的女人，烫着一头长卷发，戴着一副酒红色大眼镜，她此时手里还握着一根木棍，这木棍是早上用来叫男学生起床用的，只要有学生赖床，她的木棍就会穿过蚊帐顶住学生的身体，顶啊顶，顶啊顶。

“王老师好，您怎么又下楼来了？”林晨问。

“天气这么好，我下来看看。”王秀莲走到了草丛边，她的木棍如同巫婆的魔杖指向了瞎猫的方位，忽然用力一拨，黑猫重新出现在绿色帷幕的后面，她的木棍又慢慢地向前伸去，在猫肚子上顶啊顶，顶啊顶。

小黑猫挣扎着，却根本推不开肚子上的木棍，林晨吃惊地看向伟明，却看到伟明在一边偷笑。王秀莲伸出手掐住黑猫的后背，把黑猫提了出来，黑猫在空中耷拉着四条腿，轻轻呻吟。

“王老师，这只猫怎么了？”气氛莫名地诡异，因为王秀莲的表情显得太过自然。

“哎呀，我得把它带走啊，丢在这里可不行。”王秀莲举起黑猫晃了晃，黑猫痛苦地喵了一声，肯定是把它晃疼了。

王秀莲又似乎是疼爱小猫的，她改用双手抱黑猫，把木棍夹在腋下走进了楼里。

“你刚才笑什么？”林晨拍了拍伟明的肩膀，他正看着宿舍楼的大门做思考状，王秀莲走进去以后那里就空无一人。

“哦？”伟明缓过神来，“那婆娘在楼上看见我们了，所以她才下来。”

“我感觉她跟这件事有关，挖猫眼睛这件事。”林晨回想着王秀莲的动作，看得出来她习以为常，而一般人看到这样的瞎猫一定会感到惊讶的。

“不过肯定不是她挖的，不然她就不用这个时候来捡猫了。”伟明冷冷地说，“量那婆娘也没那个身手。”

王秀莲走出林晨他们的视线后就加快了脚步，一直走到和宿舍楼连通的教学区，来到一楼最靠边的废弃教室，掏出钥匙打开门，里面已经有六只瞎猫，王秀莲把怀里的第七只放在地上，看着它们可爱的样子嘿嘿地笑。

猫原本是一种很有灵性的动物，失明以后就变得迟钝。

教室里有一些课桌椅，但是没有猫敢上蹿下跳，全部在地上爬行，失明比较久的猫在眼窟窿上长出了毛，失明不久的猫则用黑窟窿四处张望。

新来的瞎猫在新环境里摸索着，它背上和尾巴上的毛全部奓开，说明它正处于十分惊恐的戒备状态。有一只瞎猫靠着听觉试探地向它撞去，撞到的瞬间两只猫迅速用前爪拍向对方，一边退开一边互相发出威胁的警告。

几番周旋过后，新来的瞎猫终于依靠嗅觉找到了王秀莲放在角落的食盆。原先的瞎猫们一起对它嘶吼，因为它们听到新来的家伙在吃它们的稀饭，它们竖起尾巴向它慢慢地爬去，俨然一群小老虎。王秀莲把木棍往它们面前一敲，它们又恐惧地往后逃窜，其中一只还一头撞上了桌腿。

“哈哈……哈哈，哎哟宝贝们啊。”王秀莲怜爱地笑着。

二

下午有企业家来捐款，他是本学期捐款的第一人，是一个经贸公司的老板。当一辆黑色奔驰车从敞开的校门开入，两边的盲生军乐队就吹起喜庆的进行曲。

老板从后座下来，整理整理领带和脸上的笑容，然后向盲生挥手，不过他立刻觉得自己做错了，盲生怎么看得到他的手势。

其实军乐队里有三分之一是低视力学生，但是他们都握着乐器，看到老板挥手也只能更用力地演奏。他们觉得这个老板不错，一般的老板都要到办公楼前才下车，更不会对盲生挥手。

这位对盲生挥手的老板暑假办事时路过盲校，由于事情机密，当时没有带司机，自己开车迷了路，不小心发现了盲校，还差点撞上盲校的铁门，在盲校门前停了三分钟后，他找到了开出城镇的道路，回去之后就想办法联系上了盲校校长说要捐款。

对盲生挥手的老板捐了十万元，这个数字比一般的老板多，他在台上还认真地说了善款的用途：五万用于盲文图书馆的建设，另外五万要直接给盲生，希望用投票的方式选出十个既有困难又最优秀的同学，每个同学五千元。

老板走后，全体老师开了一个庆贺宴，光是茅台酒就开了五瓶。盲文图书馆依然是一个小小的图书室，同学们期待的投票也一直没有举行，据说那笔钱和以前得到的善款一样都会用于“新楼”的建设，那“新楼”是暗物质一般的存在，看不见摸不着，对金钱的引力却很强。

由于活动不便，盲生的学习和生活安排在一栋楼里，就连老师的办公楼、宿舍楼也干脆打通连在了一起，三栋四层高的楼房以 U 字形排列，再靠上一个二层的食堂遮住 U 形的半个开口，一条红色的盲道把这些建筑围住。

男生宿舍在二楼，女生宿舍在三楼，二楼和三楼的一半房间是小学部的教室，四楼则全部是中学部教室，一楼并不是盲生的，盲校正在申请成为市里的军训基地，接收其他学校的学生来军训，因此盲生楼的一楼和操场对面的一片大楼要用来住军训生。

盲校的操场不小，据说可以提供一千名以上的学生列阵军训，按指标建了漂亮的塑胶跑道，这样的跑道是许多盲校没有的，所以校领导常常把它挂在嘴边。东北角有许多军训设施，爬杆、独木桥、大滚筒之类，那里用铁丝网围住，避免盲生进入。

林晨的宿舍在202，伟明在201。202和201似乎有什么深仇大恨，晚上熄灯之后201如果还发出什么动静，202的人就大声地叫他们安静一点，结果202这边有人上厕所时撞掉了放在床头柜的铁饭碗，铁饭碗像破铁锣一样的声音又引来201一阵嘲笑。

林晨刚来盲校一个多星期，同学间的恩恩怨怨还不了解，只是感觉这里面特别复杂。林晨前一天晚餐时还得罪了当天的值班老师，那个老师特意在晚自习时间到教室问了林晨的名字，把“林晨”两字狠狠地记在她的小本子上。

林晨觉得那个老师实在不可理喻，她在食堂教训一个小学生，最后要小学生自己扇自己耳光，而她作为老师就站在小学生面前和生活老师王秀莲聊得哈哈大笑。

林晨路过的时候假装自言自语地骂了一个“神经病”，结果老师那猖狂的笑声戛然而止，林晨不由自主地加快脚步，感觉背后有无数蚊子正在袭来，那是老师仇恨的目光正瞪着林晨的后背。

林晨打算退学，还没有说服父母，父母觉得刚到一个新环境不适应是正常的，希望他再坚持一段时间。退学的想法不能随便告诉同学，林晨只告诉了后桌的范小寒。

范小寒是初三高一合班的班长，是盲校里最好看的女生之一，鼻子在南方人中可以算相当高挺，宽额头上落着自己修剪的刘海。可惜她没有一件好看的衣服，总是那几套最普通的运动服，还是前几年参加省级残运会时发的。

她的视力在所有学生中最好，而女生的视力和形象成正比，全盲的女生即使天生丽质也会因为不懂打扮而大打折扣，何况一双有神的眼睛本身就是脸上最好的装饰。

范小寒的眼睛能看到视力表的前六行，这样的视力其实可以去读普通学校，不过范小寒的父亲也是盲人，他一方面怕女儿在普通学校受欺负，一方面读盲校可以在残联领到一笔补贴，因此把女儿送进了盲校。

范小寒小学时因为眼睛动手术留级过两次，虽然是初三，却比高一的林晨大了一岁。她从小经过许多磨炼，因而比一般的十八岁女生成熟许多，在她看来，林晨就是一个不懂事的大男孩，刚到一个新学校，适应不了新环境，想逃避，想哭，想回家。

夜晚漫长，热烘烘的夏天因为空虚而凉爽，晚自习八点半结束，范小寒让前桌的林晨转过身来，隔着一张桌子相对而坐，她从书桌抽屉里拿出一瓶酸奶递给林晨。这酸奶是范小寒的追求者送的，那个倒霉的男生已经初中毕业，在市里一个盲人按摩店工作，每个月都到学校门口求见范小寒，范小寒不见，他总是把大包小包的东西通过学弟交给范小寒，想不到现在范小寒就拿着他的供奉来款待林晨。

林晨并不知道这酸奶的来历，插上吸管就喝了起来，很快把酸奶一吸到底。范小寒看着林晨，决定无论如何不能让他退学。

“你为什么要退学？”

“在这里太浪费时间，初三的知识我都学过了，而且是刚刚学过。我们学校的老师比这边的老师厉害太多了，我问了一下同学，才知道那个化学老师阿勇本来是修电脑的，物理老师刘实木之前是校长的司机，这都是些什么老师，被我以前的同学知道的话，他们会笑死的。”

“学生人数太少了，高一年级只有你们两个人，学校如果为你们两人开一个班的话，老师会很辛苦的。还有啊，物理老师刘实木挺不容易的，他老婆跟别人跑了，他本来也是普通学校的物理老师，课讲得很好的，离婚以后每天喝酒，才转调到我们学校。校长为了帮他戒酒，让他当了几年司机，是这样子的。”

“不管是什么原因造成的，总之这边的老师都很不专业。我是来读书的，我还要上大学。”林晨严肃地说。

范小寒忧伤地看着林晨，还有些困惑，她并不了解普通学校的教学水平，她只想完成义务教育。她觉得自己的学校很好，初中毕业之前还有按摩培训，培训三个月之后就可以去赚钱。

“上大学干什么呢，不也是做按摩吗？”范小寒干脆说出自己的想法，虽然这个想法也许会伤害到林晨。

“做按摩？不，我不做。”林晨往酸奶瓶里吹了一口气，又把气从空酸奶瓶里挤出去。

“那你想做什么？”范小寒问。她见过太多不想做按摩的盲人，她知道他们后来也都做了按摩，无论是钢琴过了十级的一个学长，还是另一个学了很多年钢琴调律的学姐。她也知道有盲人做了播音员，做了接线员，做了老师，做了钢琴家、演唱家，但是那些是少数人，按摩才是盲人的正业。

“我、我写诗，写小说。”林晨茫然地看着头上转动的电风扇，知道自己告诉范小寒的是一个不可思议的答案。文学创作基本上是不能当作职业的，那有饿死的风险。

“那你为什么还要上大学？”

“是的，我觉得还是应该上一下大学。”林晨心中的一片坚冰在碎裂，他发现自己回答不了范小寒的问题。

“因为你是从普通学校来的，所以你还是用他们的标准来要求自己。其实我们应该联系实际，上大学真的没有意义，一般的专业都不接收盲人，学按摩专业的话又何必去大学？你的目标是写小说，那就跟大学更没有关系了。”范小寒从书桌里拿出一包饼干，“刚才忘记给你了，你吃吃看这个。”

“不用了。”林晨接过饼干，把饼干放在桌上，他非常沮丧，按照范小寒的说法，看来自己还是没有面对现实。

林晨十三岁的时候检查出视网膜有严重的疾病，视网膜中的细胞停止了更新，进入不可再生的死亡进程。医生说不出林晨的病因，只能说是基因突变，视力会逐渐下降，直至失明。

这是命运对林晨的宣判，未来被全部粉碎，这是最绝望的时候，林晨发现自己可以放弃了，所有的努力都敌不过最后失明的到来。比如自己努力学习，考上一个还不错的大学，毕业后找到一个还可以的工作，结果呢，失明了，一切都是白费。

经过两年的调整，林晨还是重新振作了起来。他从小喜欢文学，文学激励了他，他读到海明威的《老人与海》，小说中的老人在大海中打到一条大鱼，由于无法将这么大的鱼放到船上，只能把它绑在船边，大鱼一路上被闻着血腥味赶来的鲨鱼吃光了，上岸以后大鱼只剩下骨头，那么老人是胜利了还是失败了？

林晨感觉到自己的命运和老人相似，走向死亡的视网膜就像那条绑在船上的鱼。老人是坚强的，他可以被毁灭却不能被打败，虽然结果只剩下一具鱼骨，坚持到底的老人依然是胜利的，结果绝对没有过程重要，因为每个人的最后结果都是死。

“下学期有按摩培训班，你也可以考虑一下，虽然不喜欢做按摩，但是学一门手艺总是好的。”范小寒微笑着说。

“你说得有道理，会做按摩的话，至少不会饿死。先活着，再做自己想做的事。”林晨思索着说，又一次怀疑起上大学的意义。

“是啊，你会喜欢这里的，只要你融入这里的生活，学习不重要的。你不是喜欢看课外书吗，你可以多看课外书呀，明天我和你一起看《红楼梦》好吗？里面很多句子我看不懂，好像是文言文。”范小寒仰着脸看林晨，一副恳求的表情。

“好。”看到范小寒这个样子，林晨不知为何心跳加速。

“你蹲下来好吗？”说着范小寒推开椅子，自己先蹲了下去。

林晨不知道为什么要蹲下，但是范小寒已经在桌子底下了，他只好也推开椅子蹲在了范小寒面前。

“过来一点。”

林晨钻进一片阴影当中，两片嘴唇忽然把他的嘴扣住，柔软湿润的舌头让他的大脑窒息。林晨有些受不了，他推开了范小寒，可是大口吸了一口气之后，他又主动把她的嘴唇找回。

三

林晨不退学了，那个想法成了垃圾桶里的一个卫生纸团。林晨没想到爱情可以来得这么直接，直接进入欲望，欲望是一个旋涡，转得人眩晕。他们一连三个傍晚不去食堂吃晚饭，整个四楼没有别人，把教室门关上，熄了灯，躲在门后用力地拥抱，直到半小时后陆续有人上楼。

他们特别口渴，身体被烤干了，当初三高一合班的同学回到教室时，他们正面对面地看着对方吸牛奶。范小寒散下的马尾辫还没有整理，背上的内衣扣也还没有扣上。

这个学校是禁止谈恋爱的，而且如同安装了精神雷达一般可以及时发现情侣的出现。很快就有老师盯上了他们，最早找林晨谈话的是生活老师王秀莲。

“林晨啊，你刚来，可能还不太了解，学校不允许谈恋爱的啦。”谈话地点在狭小的生活教室，王秀莲坐在床上。

“哦？”

“咱们学校是出过事的，你有没有听说过，一个女生因为怀孕，从楼上跳下去，死了。”

“谁说谈恋爱就要怀孕了？而且怀孕为什么要跳楼？都什么年代了。”林晨迷惑不解地说。

“我们的学生视力不好，去医院不方便，心理承受能力也不强，很容易轻生，学校不能冒这个险。咱们学校和普通学校不一样，一旦出事就容易闹成大事，我们要特别注意影响，一旦出了负面新闻，学校的发展就成问题了。”王秀莲苦口婆心地说。

林晨也希望学校欣欣向荣、捐款不断，可问题是自己谈恋爱真的就会毁掉学校吗？这难道不是十分荒谬的判断吗？

“我肯定会注意的，王老师你放心好了。”林晨想了想说。

“这不是你一个人两个人的问题，要是你们两个可以，那其他同学也就放开了，你懂这个道理吗？”王秀莲真切地看着林晨，十分希望他能理解他们当老师的苦衷，“林晨啊，我再跟你说个事，范小寒也不适合你，我听校长说你是要考大学的，范小寒可是不考的，我跟她爸很熟，他们家没办法供她上高中，要赶紧出来挣钱了。”

“上高中、上大学又不用很多钱，残联有补助，大学还有助学金、奖学金。”

“唉，跟你说实话，你别跟别人说。范小寒她爸欠债很多，就等着她初中毕业去挣钱呢。跟她在一起，是往火坑里面跳啊。”

从生活教室出来，林晨完全没有放弃的打算。原来范小寒生活得这么艰苦，那就更不能和她分手了。不过保证书已经写了一份，今后要多加小心。

紧接着又有几个男同学来劝林晨，他们都是平日里跟林晨关系还可以的。

“怎么会看上她呢，她很贱的，去按摩班让男生做按摩，穿着超短裙去。”

“她常常去刘实木家，那色鬼家就在学校，范小寒一个星期至少去一次，这个我确定。刘实木那个老色鬼我了解，当年在普通学校性骚扰女学生被赶出来的，被教育局禁课三年，所以校长让他先当了三年司机，你说范小寒去他家能干什么好事？”

“她跟保卫科科长王标还有一腿，说实话我平时无聊跟踪她来着，看到有两次她跟王标在保卫科锁着门不知道干什么，半个多小时。有一次我在门口等他们开门，故意问了一下，王大科长很生气地说他们在做按摩，可是看他们那个尴尬的样子就知道是说谎。”

“军训基地那个袁教官你知道吧，我还看到范小寒跟他进过宿舍一次，一直不出来。基地那边我不好待太久，就先回来了，不过至少半个小时。”

“她爸跟她妈离婚了，她爸是全盲，还赌六合彩，听说欠钱不少。”

“这样啊，我知道了，谢谢啊。”林晨微笑着说，他并不是很在意，甚至对范小寒更加好奇。既然她是这样的女生，他也乐得不用负责任。

林晨对爱情是有阴影的，他还没有从阴影中解脱。他知道爱是什么感觉，他清楚自己没有爱上范小寒，不过和范小寒在一起确实可以暂时忘记那个阴影的伤痛。

阴影都是林晨自己造成的，但是他也无可奈何，只能更加责怪自己的眼睛。

初中时林晨在普通学校上学，一年级的时候喜欢上班级里的一个女生，那个女生也许是喜欢他的，在林晨刚刚确诊眼病的那一年，是她的笑容给了他信心。

可是有一天女生很认真地问了林晨一个问题：“你的眼睛可以治吗？”

“可、可以啊。”林晨立刻红了脸，他下意识地说了谎，他还编造得更真实了些，“不过医生说要等十八岁，那时候眼睛发育稳定了，就可以做手术了。”

女生相信了林晨，可是班主任戳穿了他的谎言。当女生的学习成绩从年段前五名一直退步到两百多名，班主任终于下决心找她谈话，不知道为什么就聊起了林晨的眼睛。

“不能治的,不能治……”女生很失望,她不和林晨说话了，因为林晨是一个骗子。

“为什么我成了一个骗子？”林晨反复问自己，质问自己，鞭打自己，当谎言被撕碎，露出的现实就多了一层讽刺，多了一层耻辱，多了一层绝望。他决定自杀，与其消耗生命，不如把生命终结在还算美好的时候。有一次他几乎从阳台上跳下了，却又告诉自己可以多活几年，等失明那天再跳不迟。可是林晨回头又想，既然过几年还是要自杀，现在活着又有什么意义，活着对自己、对别人都没有任何的好处，唯有折磨而已。

这样犹豫了半个月，女生却忽然在路上和林晨打了招呼，他们又可以做朋友了，虽然和过去的感觉已经不同，但是已经足够让林晨放弃自杀的念头。

这次波折还是有收获的，林晨意识到自杀是不可靠的，那只是一种冲动，死的冲动会组织各种理由来说服理性，冲动一旦过去就会发现那些理由都不成立。所以，只要坚持住，事情总是会好起来。

可是林晨也同时知道了死的反面是怎么回事，那无非是生的冲动而已，还好这种冲动得到本能的更多支持。

“你为什么后来又愿意理我了？如果是因为同情，就永远不要再理我。”这是初中毕业时林晨和她说的最后一句话，那时的他已经学会冷酷地面对自己，嘲讽地面对世界。

她抬头看着他的眼睛，林晨看到她的眼中有一点点的湿润，她又忽然闭上了眼睛，转身走远。

四

午后的阳光把人们照进了梦乡，不知道是谁用大号吹着《雪绒花》，那旋律低沉地在校园里回荡，想不到这首曲子用大号吹起来更有温度，让人不得不觉得生活美好，美好得只想做梦，分管宿舍的黄建设老师却精神抖擞地戴着深度近视镜在走廊上徘徊。

黄建设老师的活动范围大多是在三楼。没错，因为三楼是女生宿舍，他的皮鞋悄无声息，在这个门前站站，在那个门前站站，瘦削的好处是可以灵活地跳跃，驼背的好处是他的头会自然探出，再用一点力，探探头，探探脑，呵，哈。

宿舍铁门年久失修，每当开关的时候都会发出二胡一般幽怨的叹息，午休时间常有人出入，为了不让咿呀声影响睡眠，中午时铁门就没关，这刚好成全了黄建设。

其实他也看不到什么，女生的身体都在被子里，她们中大多数人午休时也不换睡衣。但是这个世界上就是有那么一些人有特别的爱好，每天中午到三楼走走，让黄建设感受到生活的无穷乐趣。

黄建设心中最完美的“睡美人”是周西云，她住在302房间，黄建设总是在302门前动弹不得，看那白皙的手臂垂于美人被上，随着呼吸微微起伏，手掌有时放在腹部，有时放在胸部，有时从腹部向胸部移动，有时从左胸挪到右胸，翠绿色碎花被俨然一片彩云，飘啊，飘啊，黄建设的魂魄也飞上了天。

看够了“睡美人”，黄建设还会看看晾在栏杆安全网上的衣服。他记得周西云的每一件外衣，于是他也找出了周西云的内衣，在一排潮湿滴水的衣服中，距离周西云外衣最近的内衣就是周西云的。

周西云转学到这个学校已经两年，黄建设也眼淫了两年，他已经不需要借助外衣就可以挑出周西云的内衣。女盲生的内衣大多朴实无华，就像一个个超大号的眼罩。周西云的内衣和她们的不同，首先一定有钢圈，然后色彩鲜艳，蕾丝花边绚烂多姿，像一个个艺术品。新学期周西云买了两件新的，黄建设一眼认出，伸出双手上去拧了拧，再把沾湿的手往自己的脸上抹去。

黄建设以为自己心中的小爱好没有人知道，其实他早已成为一个传说，所有女生都知道学校有这么一个变态的存在。黄建设以为女盲生大多看不见，即使被偶然看见他也可以装作来宿舍视察。就是这样的掉以轻心让他成为一个笑话。

最先发现黄建设偷窥的是范小寒，她的视力最好，把黄老师那隐藏在近视眼镜后的猥亵眼神看得一清二楚。她并不惊慌，反而假装一无所知地把衣服和胸罩脱掉，再慢慢地穿上睡衣，发现睡衣穿反了，于是又把睡衣脱下重穿，重穿之前抬起双臂假装摆弄一会儿头发，圆滚滚的乳房晃得黄老师直吞口水。范小寒以为黄建设今后会对自己有进一步的动作，可是黄老师却只想看看，看看，看看就行。

生意没做成，范小寒就把黄建设偷窥的事告诉了舍友，其他低视力女生留心观察后也有所发现。她们很生气，却对这样的老师无可奈何，毕竟没有直接的证据证明黄建设在偷窥，毕竟人家的确就是分管宿舍的老师，他有权力到宿舍“徘徊”。从此午休时女生只好躲在被子里面换睡衣，或者干脆不换。

偷窥虽然不好，黄建设前几年倒因此立过大功。那天中午黄建设走到第一个女生宿舍的时候就看见了一个光头男，那男的面对一张床站着，床上躺着熟睡的女生，黄建设感觉情况不对，大喝一声，光头男惊慌地拉起裤子上的拉链。

有女生惊醒后开始尖叫，光头男无路可逃，面露凶光向门口的黄建设冲去。黄建设虽然被大光头一头撞倒，但是立刻起身紧追，最后在门卫的协助下抓住了变态光头男。

原来那光头男是小学生蔡清澈带进来的，蔡清澈因为先天失明和兔唇被父母遗弃在垃圾堆，收废品为生的蔡爷爷收养了他，光头男是蔡爷爷的朋友，他以为盲校里的学生都和蔡清澈一样全盲，于是假借看望侄儿的名义混进盲校“大展身手”，结果被黄建设扭送给了警察。

黄建设的英雄事迹在短时间内传遍了许多盲校，盲校里有许多关于其他盲校的传说，比如十一年前，某盲校出过一次学生失踪事故，说两个低视力带着四个全盲同学走出校门，消失在茫茫人海当中，从此没有再回来，生不见人死不见尸。十一年了，他们的失踪作为教训成为盲校必须严格封闭的理由。

不过几年后林晨认识了一个那所盲校的同学，那个同学说自己从来没有听说过自己学校出过失踪事故。

国庆节第一天的上午八点钟，林晨和伟明在围墙边走着，他们有十分重要的事情需要出去一趟。

“墙都好高啊。”林晨看着两人高的墙壁叹气，墙不仅高，还有翠绿色的玻璃碎片在墙头闪着寒光。

“再找找看吧，一切阻碍在成功决心面前的都是虚幻的。”伟明嘿嘿地笑着，他们马上就有自己的第一家店面了，那边的转让条件都在电话里谈好了，趁着国庆假期去把事情办了，可是得先翻出墙去。

“两个按摩师，两张按摩床，一张给客人坐的沙发，还有厨房用品，面积四十平方米，转让费四千，会不会太便宜了？”林晨一直对这个交易感到怀疑，难道开一家按摩店就这么简单吗？

“不便宜啊，那个老板就是转让了一些床和椅子呀，那些东西折旧之后最多值两百块。按摩师也好招得很，看不爽的话随时可以换掉。最重要的是那个店的顾客基础，毕竟开了一年多了，老顾客应该还是有几个的。”

“嗯，也是。可是，那个老板为什么要把店卖掉？”

“这个啊……”伟明并不知道其中的缘由，但是他觉得如果说一个理由出来的话林晨会比较放心，“那个女老板顶不住了，那个店是她情人花钱给她开的，她情人是有妇之夫，原配大老婆发现了这件事，就来找她的麻烦，叫人把她打了一顿，要她滚出本市，店自然开不下去了。”

“原来是这样啊。”

“是啊。”伟明嘿嘿地笑着，觉得自己也挺会编故事的，搞不好比林晨还会写小说。

“那么，店租是多少呢？”林晨想起还有这个关键问题。

“一年两万，那个女老板已经先交了半年，也就是说她已经帮我们先交了两个月的店租，两个月后我们确实需要再交一万，不过这个没关系，两个月时间我们刚好可以赚够这个钱。”

“一万半年，一个月就将近两千了，老板才收我们四千转让费。”

“是啊，刚好的，转让费主要就是补她这个多付的店租。”他们已经沿着学校的围墙走了一遍，根本没有突破口，伟明一派大将风度，指着远处的一片树林，“我觉得只剩下那个地方有可能了，说不定可以通过爬树翻出去。”

“那我们过去。”林晨握了握口袋里的手机，那不是他的手机，是周西云的，手机坏了，林晨自告奋勇要帮她拿出去修。

他们穿过操场走到了树林前，这片树林平时少有人来，里面的杂草半人多高，一脚进去不知道会踩到什么。

“会不会有蛇？”林晨有点害怕了。

“一切阻碍在成功决心面前的……”

“都是虚幻的。”林晨接过了伟明的座右铭，他在草丛边找到两根长树枝，递给伟明一根，“走吧，在这里站太久，会被老师发现的。”

伟明把树枝当作拐杖，一脚踏进了草丛。林晨也不示弱，赶忙上前扶住伟明，两个人并肩前进。

草丛里面并没有那么可怕，蛇也是怕人的。树林里湿漉漉的，恶心倒是真的，淤泥沾了一脚。走完了草丛，居然见到一条流速很慢的小溪，水面漂浮着一些绿色的泡泡，还好没有臭味。小溪虽然只有半米宽，但是小溪两边的淤泥特别滑腻，两个人惊心动魄地穿过危险地带之后，一面又矮又破的墙就在面前了。

“哈哈哈。”两个人一起笑了，又怕被人听见，赶忙压低了声音。

“这个墙够意思。”伟明伸出两手刚好够到墙头，他臂力过人，用两手和一只脚的力量爬了上去，“不错啊，墙这边是菜地。”

伟明趴在墙头灿烂地笑着，胜利属于他们。林晨比伟明要高，在墙上的破损处踩了一脚，双手一撑爬了上去。他们两人坐在墙头吹着风，这里是老师看不见的死角，他们可以在这里看见外面的世界，晒到外面世界的阳光，一棵棵可爱的白菜在他们的脚下。小菜地外是一条没有人、没有车的马路，路面因为散着细沙而呈黄色，马路的那边是工厂，工厂里传来机器运转的声音。

“他们国庆节还在上班。”伟明说。

“我们国庆节爬墙，真是解放了。”林晨说。

“我们要成为资本家，不用上班，让别人为我们卖命。”伟明的脸上滑过泪水，声音有点哽咽。

“你怎么了？”林晨看着蓝天白云，感到自由和快乐，想不到伟明却有些悲伤。

“我爸十几年前在工厂干活的时候被压死了，赔了一万块钱，我妈带着那些钱跑了，到现在也找不到人。”

原本自由的空气重新窒息，林晨叹了一口气，他拍了拍伟明的肩膀，却不知道该说什么。

“所以我一定要成为资本家。”伟明抹掉泪水，跳进了菜地，腿一软趴在地上，手掌压倒了两棵白菜。

林晨赶紧跳进菜地把伟明扶起，他们推开菜地边的栅栏门，走上了成为资本家的“光明大道”。

五

林晨和伟明趴在斑驳模糊的公交站牌上研究了许久，终于确定要搭的是25路公交车，25路公交车来的时候他们却没认出来，车头的“25”太小，车开走之后才看到车尾上一个大大的“25”。

总结了经验，半小时后再来的25路公交车没有错过。他们把残疾证掏出来给司机看了一眼，司机不太高兴地别过脸去，这就表示他们不需要投币了。车门哗啦一声合上，合上的同时车子忽然开动，伟明差点跌倒，还好在慌乱中抓住了扶手。

“嘿嘿嘿。”伟明笑了笑，一副轻松自在的样子。林晨警惕地看了看身边站着的乘客，毕竟用来成为“资本家”的四千块钱此时就在他的书包里面。

虽然伟明腿脚不便很容易看出，虽然车上乘客几乎都看到伟明差点摔倒，不过没有人给他让座。伟明十分庆幸，他不喜欢被人让座，他觉得自己明明可以站得很好。

行驶了三四分钟，25 路公交车即将开出城镇，公交车停在了巷子口，透过前车窗可以看到城市里车水马龙的四车道大路，还有一家恢宏的酒店。

“那边几个，是下车还是加钱？”司机对着身后吆喝。

四个二十岁左右的男人向前走来，眼中冒着杀机，林晨赶忙往一边退了几步。

“镇里一块，出镇两块，你们是加钱还是下车？”司机毫不示弱，他四十几岁的样子，黝黑的脸庞线条分明，黑发中夹着些许白发。他从脚边捞起一根铁棍，铁棍放在大腿上，右手臂青筋暴露，随时准备应战。

四个年轻人都不说话，一副很酷的样子，林晨不敢一直看他们的脸，只能看着他们的人字拖。寂静中车门忽然哗啦一声打开，四个年轻人依然站着不动，不加钱也不下车，为了四块公交车钱，他们似乎准备和握着铁棍的司机干上一场。

“别浪费时间了。”司机挥着铁棍忽然站起，四个年轻人慌忙转身从后车门跳出，还丢了一只拖鞋在车上，原来只是一群欺软怕硬的无赖而已。

进入市区后乘客不断增多，车里挤满了人，随着一站一站的前进，林晨和伟明渐渐被推到车厢中部，一个穿着时髦的年轻女人坐在林晨面前打电话骂人。

“我不是早跟你说清楚了吗……要我怎么解释你才能懂，又弄错又弄错……你能干点什么……废物……人渣……脑残……我看我不能跟你这种智障在一起了……”

看样子这个女人是在跟男朋友打电话，口气之凶狠林晨第一次见。

“好了，有人打电话进来，不跟你说了。”美女挂了男朋友的电话，清脆地干咳了一声，林晨忽然听见了悦耳的笑声，“张总好……哈哈哈，张总您过奖了……嗯嗯，是的……应该的应该的……为张总服务是我的荣幸。哈哈哈……”

“所以我们必须要成为资本家啊。”

伟明在林晨耳边笑着，他也一直在听那位美女打电话。

“其实她男朋友还是得到的更多，她给老板的笑声是虚伪的，给她男朋友的至少是真心。”林晨想了想说。

“真心，虚伪？”伟明沉默了几秒，又嘿嘿嘿地笑了起来，“那样的真心要来有什么用，还是虚伪的好啊。”

林晨很想反驳伟明，他本能地觉得伟明的价值观不正确，可是他说出来的话还似乎有点道理。林晨看了看那位美女，她已经打完电话，靠在座椅上闭目休息。她很疲惫，但是林晨模糊地看到她眉头紧锁，看来她的大脑还在不停地运转。

“还是她男朋友幸福，她正在为她和她男朋友的未来奋斗呢，可是她不可能为那个老板奋斗，她只想赚那个老板的钱。”林晨对伟明说。

“嘿嘿嘿，幸福顶个毛用。”伟明想到“幸福”这个词就感到肉麻恶心，“成功才是我们要的，以后我们养一群这样的美女，让她们为我们笑，管她们是虚伪还是真心。哦，对了，她男朋友也是被美色迷惑，女朋友用这个态度对待他，他还低声下气的，你觉得那样的生活是一个男人应该过的吗？美女啊，用来玩玩就可以了，在资本面前，美女只是玩具。”

“小声点小声点。”伟明的音量有点大了，林晨怀疑那个美女已经听见，因为她正皱着眉看伟明。

“哎，我也是顺便给你一个建议啦，作为兄弟我觉得还是跟你说一下好。”伟明看了看那位美女，发现她似乎面露不善，于是压低了声音跟林晨说话。

“什么？你说。”

“范小寒挺好的，视力好，能力强，我们那个按摩店她也能帮得上忙。周西云嘛，人确实更好看，身材确实更好，但是视力太差了，说实话我觉得周西云还有些傻，只是一个花瓶。”

六

当林晨与伟明在公交车上呼吸困难时，范小寒和刘实木正在黄金海岸晒日光浴。

刘实木的小破车清晨六点就开出了校门，经过传达室时范小寒蹲在后座与前座之间。如果被门卫发现她在车里，根据学校的严格规定，虽然是老师带出去，也需要出示班主任签字的假条。

国庆假期的前一天，范小寒对林晨说她要回家一趟，林晨心中一惊，因为他也要告诉范小寒说自己要回家。

范小寒对刘实木这个五十岁男人有一种特别的依赖，他和袁教官、王科长不同，那两个人冷血无情，不懂爱抚，没有言语的交流，除了粗暴的碰撞之外什么也没有。刘实木会考虑她的感受，前戏做足，渐渐加速的快感能到高潮，给的钱也更多。这次假期刘实木还带她出来玩，从小到大，范小寒的家人从来没想过带她去旅游，他们总是在吵架，不停地抱怨，为生活忧愁。

刘实木有一个女儿在上大二，离婚时前妻不要孩子，女儿大学在外地，假期也不能回来，刘实木感到寂寞，于是带上范小寒到海边度假。

刘实木一头扎进海里，范小寒端着相机追随刘老师的身影，摄影计时一秒一秒地前进，那个黝黑的身躯在海浪中时隐时现,她的长发在风中飞扬。范小寒的眼病是先天性白内障，怕光，阳光照得她眼泪直流，为了保证摄影的质量，她腾不出手去擦眼泪，泪水顺着脸颊落在胸前，举起的手臂把胸膛压成一个深深的凹陷，凹陷把一滴接着一滴的眼泪吞进肚里。

范小寒想起了林晨，不知道他现在在做什么?

林晨捅了捅伟明，示意他别再说话，座位上那位美女正瞪着他们呢。直接站在美女面前对人家大加议论确实不太礼貌，虽然后来是在讨论范小寒与周西云，但是美女依然认为他们是在议论她。

伟明习惯性地嘿嘿笑起来，又哎哟一声差点摔倒。原来那位美女往伟明的左腿膝盖上踢了一脚，伟明全身的重量可都靠这条左腿支撑，他抓着车顶的吊环才不至于摔倒。

“痛吗？”林晨问伟明。

“还好还好。”伟明又笑了笑，两个人继续若无其事地站在美女面前，不时看那美女一眼。美女始终怒目圆睁，似乎很生气，又似乎是对什么事情想不通。

“你们两个能不能站远一点！”忍耐了一分钟，美女终于还是发飙了，尖声地咆哮起来，“啊——啊——啊！”

车上的空气顿时凝固，所有人都以为有好戏要开演，林晨被美女的气势镇蒙了，伟明拉起林晨往车后又走了一段，乘客都尽力给他们让路，他们发挥自己的想象力猜测这两男一女发生了什么，整车人又渐渐闹腾起来。

坐了一个多小时的车，林晨和伟明终于到了牛头镇，刚下车就有摩的来招呼生意。把价钱从六块压到五块，林晨和伟明跨上了摩托车。

“终于坐下了，腿快断了。”伟明发了一声感慨。

这是林晨第一次坐公交，应该说站公交更准确，腿确实酸极了，不过伟明都能坚持下来，林晨也不好喊累。

“你腿没受伤吧？”林晨想起那位美女的高跟鞋，鞋尖尖如锥子，简直是一个凶器。

“还好，没关系，等下刚好做个按摩。”

“要按摩？”

“是啊，当老板之前，体验一下员工的技术，当了他们老板以后就检查不出他们的真实水平了。”

“有道理。”

“你们是要去那边买按摩店吗？”摩托车司机惊讶地问，这牛头镇荒凉得很，虽然不是一般的乡镇，也到处是店面和公寓，沿途还有各种酒吧和洗浴中心，但是路上确实没有多少人和车。

“是啊，去买一个。”伟明笑着说。

“行啊，小伙子厉害，开那种店不错啊，自己没事也能享受享受。”摩托车司机笑着，不知为何笑声听起来阴阳怪气的。

“这一带人怎么这么少？开按摩店有生意吗？”林晨问司机。

司机大笑了起来，他怎么看都觉得这两个年轻人是中学生，不像能买按摩店的，果然什么都不懂，“这一带热闹得很啊，晚上就热闹了。”

“哦，原来是这样。”林晨半信半疑。

摩托车开得很快，十分钟就把林晨和伟明放在了目的地门前，林晨找出五块钱交给司机，司机看着他那张清秀稚嫩的脸又忍不住笑了起来。

林晨和伟明都有些紧张，毕竟第一次谈生意，不过伟明还是保持着微笑，他跟林晨说:“我们现在是来做按摩的客人。”

“嗯。”把自己的身份定位好，林晨放松了不少，他们要买的店面在一家名叫“仙手按摩中心”的大型按摩店旁边，抬头看了看招牌，上面写着“按摩店”三个大字，简单得有些异常，仔细一看，旁边还贴了一张纸，上面是手写的“盲人”两字。

没有太多时间用来观察，女老板已经走出来迎接，是一个四十岁左右的女人，化着浓妆，穿吊带连衣裙，露着粉红的“事业线”，笑容可掬，“两个都做吗？”

“都做，技师有空吗？”伟明说，言谈举止十分自然，而林晨已经拘谨得说不出话了。

“有空有空，来来来。”女老板把两人带进店里，一男一女两个按摩师正坐在客厅阴暗的角落，女按摩师说了声好像来客人了，男按摩师半睡半醒地应了一声。

女老板到房间里把按摩床整理了一下，送出一个塑料篮子让林晨和伟明放东西，因为口袋里装满东西不方便按摩，林晨把东西都掏出来放进了篮子，当残疾证放进篮子的时候，女老板脸色一惊。

“我残疾证什么时候放你那边了？”伟明笑着问林晨，他自己口袋里的残疾证就没有拿出来，他的腿脚不方便是很明显的，而林晨的残疾从外表上看不出，伟明希望女老板不知道林晨也有残疾证。

女老板却已经留了心，盲人来买盲人按摩店是很常见的，也许面前两个人就视力有问题，说不定就是来买店的。

双方继续装作若无其事，女老板带进两个按摩师后就回了客厅，伟明和林晨脱掉鞋子爬上了按摩床。

“把头放进那个坑里。”伟明对林晨说，林晨正看着床上那个洞口发呆。

“这样放进去不会闷吗？”林晨犹豫着问。

“不会不会，做按摩都这样，专业按摩床都设计这个洞让客人放头的。”男按摩师手里摊开一张按摩布，等着林晨趴好，林晨只好把头放进了坑里。

七

两张按摩床摆在同一个小隔间，中间可以拉上一张帘子，由于林晨和伟明是一起来的客人，所以按摩师没有把帘子拉上。

女按摩师原本是给伟明按摩，做了十分钟，伟明提出要换人。

“很不好意思，我们店里只有两个按摩师呀，换不了了。”女按摩师委屈地说，她觉得伟明是对她的手法不满意。

“我的意思是你们两个人互相换一下，你去给我朋友做，我想他不会反对的。”伟明是想多体验一下他们的手法，林晨不懂手法的好坏，检验手法还得靠伟明。他从小在另一所盲校读书，就是周西云以前就读的盲校，那所盲校没有高中，初中毕业以后就做职业培训，伟明虽然没有学过按摩，但是经常被人练手，判断手法的好坏十分在行。

伟明和男按摩师很快聊开了，伟明说自己和林晨是在附近工作的白领，男按摩师说白领就是容易脖子酸肩膀疼，以后可以常来，还说伟明来这家按摩店就来对地方了，别的按摩店都是小姐，小姐的手法不好，解决不了白领的实际问题，伟明哈哈大笑，说解决的是另一种实际问题。

林晨和女按摩师无话可说，只能听伟明他们聊天，女按摩师也和他们聊去了。就在一个小时的按摩时间即将结束的时候，客厅传来玻璃被砸碎的响声。

“敏姐啊，做生意真的要讲道理的，你赚了我们店的钱，就应该还我们一点。”一个年轻男人口气嚣张地喊。

“哎呀，你看，敏姐，你白天还有生意做，应该照顾照顾我们夜猫子啊，就把钱交出来吧。”另一个男人的声音很娘，口气一听就知道是流氓。

“我们做的都是正经客人，是真正来做按摩的，跟你们没关系。”女老板冷冰冰地说。

“哎哟——”娘娘腔像唱歌一样起了高音，“招牌上的‘盲人’两个字是这几天才贴上去的吧，以前是怎么回事——我们的客人一不小心就走错了门，就到你们店里来了，进来了就不好意思马上走，就让你们瞎子按了按，你就这样赚了我们多少钱，自己数一数！”

“我们家的正经客人，来按摩之后顺便去你们店的也不少。”女老板毫不示弱。

“扯淡，到牛头镇来按摩的，哪一个正经了，都知道咱们这里的按摩店是干什么的。”另一个男人嗓门粗犷地喊着，用木棍在地上敲着，“敏姐啊，别以为我们不知道啊，您也卖身呢，哈哈哈，你刚带两个瞎子来这边开店的时候我们还纳闷儿呢，上个月才知道，你的老顾客也是我们的老顾客啊，你自己还接客啊，你这是什么钱都想赚啊。”

“啊——”女老板忍不住了，她尖叫了起来，“你们太变态了，不就是一个月给你们三千块吗，下个月我就交！”

“敏姐啊，你上个月就是这么说的。”

“下个月我给你们六千，六千！”

房间里的四个人都安静地听外面的争吵，男按摩师忽然笑了，他小声地自言自语："下个月就不用她付钱了。"

"为什么？"伟明问。

"店要转让，到时候买店的冤大头去交钱，六千。"

林晨惊出一身冷汗，伟明闷在按摩床的坑里"靠"了一声。

"敏姐啊，不瞒您说，我已经知道你的店要转让了，我没事都看同城网的。"娘娘腔不依不饶，"还是老老实实交钱吧，不然你晚上就到我们店里当小姐，哦，不，是大姐。你这样单干吃独食不太好啊，有钱大家一起赚啦。"

"是啊，以后你给我们兄弟俩免费，说老实话我们也舍不得你走啊，你这个店是别想转让出去啦。"

女老板大声地喘着气："你们……你们……会遭报应的，警察迟早会来扫荡你们，扫荡你们！"

"哎哟——那敏姐您怎么办啊，您也被扫荡进去了呀，你进去了，谁给你家的两个瞎子做饭啊？敏姐，您保重啊。"

"啊——我跟你们拼了！"女老板大叫一声向前扑去，却又忽然卡在半路，呻吟着倒在了地上。

“废话不多说，今天我们先走了，明天把钱交过来，自己交过来，至少三千，记住了，不然有你好看。”男人用木棍敲着女老板的小腿，他刚刚用这根木棍顶住了女老板的心窝。

两个流氓离开，林晨和伟明的按摩时间也差不多到了，林晨把篮子里的东西装回口袋，背好了书包，书包里的钱是不用拿出来了，这点林晨和伟明不需要商量就达成了共识。他们走出隔间的时候女老板已经爬起来坐在椅子上，她没有起身送客，只是忍痛笑笑。

“其实，你们是来买店的吧？”女老板问。

林晨和伟明都不说话，不摇头也不点头。

“不错啊，年纪轻轻就想干一番事业，我本来就不会卖给你们的，卖给你们是坑你们，我要找一个厉害的角色。”女老板又像是自言自语，因为林晨和伟明都假装听不懂她说的话，林晨和伟明也不相信她真的不会坑他们，“你们两人一共一百，一人五十。”

“哦，好。”林晨从口袋里掏出一张百元钞，递给了女老板，女老板接过的瞬间林晨忍不住开口说了话，“辛苦你了。”

女老板苦涩地笑了笑，伟明怕林晨跟女老板继续说下去，拉起林晨就往外走，地上还有啤酒瓶的碎片，两人怕踩到碎片还不敢走得太快。

时近正午，到了最热的时候，林晨和伟明在安静的街上颓唐地走，范小寒和刘实木已经不晒太阳，他们在海滨烧烤摊的遮阳伞下吹海风。

泳衣还没有换掉，刘实木靠在藤椅上欣赏范小寒的胸部，范小寒满足地吃着一根烤肠，苍蝇在他们之间飞舞歌唱。

刘实木觉得自己享受着富豪才享受得到的生活，范小寒好像是他包养的情人，十八岁，性感美丽，刘实木端起相机拍了一张她吃烤肠的画面，看着她凹陷的脸颊满足地笑了，在相机的下方露出一排烟屎牙。

八

牛头镇有一条牛头河，林晨和伟明沿着牛头河走着，牛头河的水从牛头山而来，沿途收集了许多工厂的废水，水的颜色很深，说不上是墨绿还是黑色，空气中散发着一股令人嗓子发干的气味。

“你说那女老板是不是真的干了点副业？”林晨首先开口说了话，他们已经沉默五分钟了，空气不好，应该加快脚步，可是两个人却怎么样也走不快，只觉得全身无力。大概是因为午饭还没吃，却又没有胃口。

“看样子估计是，我见过许多盲人按摩店，没有这么开的。”

“可是那女老板年龄也不小了。”

“那有什么关系，你不觉得她身材挺好的吗？能把身材保持那么好可不容易。那家伙就是拿盲人当挡箭牌，警察要是去扫黄，看到里面是盲人就不检查了，不仅能蒙混过关，还能靠那两个盲人赚钱，她这样是坏了那边的行业规矩，难怪被人搞，贱货，还差点把我们坑了。”伟明终于把一肚子郁闷发泄出来，“已经把我们坑了，跑这么远来做一个钟的按摩，手法又不好，太坑了，太坑了。”

伟明成天笑嘻嘻的，林晨还是第一次见他生气，创业对伟明来说确实太重要了。相反，林晨觉得无所谓，甚至感到一丝庆幸，开店之后伟明就要退学了，去专心经营，这样一来学校里就少了一个说得上话的朋友。

“没关系的，创业要看时机嘛，我们应该高兴啊，差点被坑，幸好先做了一下按摩，只拖了一个小时就及时发现问题，就逢凶化吉，不觉得我们运气特别好吗？”

“哦？嘿嘿嘿。”伟明是特别乐观的人，他重新发出标志性的笑声，“没错没错，这次出来就当玩一趟，还长经验了。对了，不是还要帮周西云修手机吗，不会白爬一次墙。”

“是啊，走走，先去吃饭。”两个人互相搭着肩，重新意气风发地加快了脚步。

九

电子城离牛头镇挺远，摩的到不了，伟明又要去公交车站研究路线，林晨觉得大中午实在很累，拉住伟明，拦了一辆出租车。

出租车停在电子城门前时，计程表上显示的金额是31.2元。

“师傅，收五十可以吗？”伟明对出租车司机说，“我们两个是一起的，可以优惠一点吧？”

“什么？”司机转过头来瞪着伟明，“你在说什么？”

“我们两个是一起的，你就优惠一点，收个整数吧。”伟明以为司机对讨价还价很生气，说话声音都变小了，“就收五十吧。”

“等等等等，没事没事。”林晨急红了脸，钱都数不清楚了，“这是三十一块钱，可以了。”

“他为什么要给我五十？”司机还是不理解地问林晨。

“还不是火车站那边的出租车太黑，那边都是一个人算一份车钱，所以就以为要给六十二了。”

“哈哈哈……要给我五十，居然要给我五十，送钱啊。”司机笑得上气不接下气。

“你笑什么，不都是你们司机乱搞，把规矩搞乱的吗？”伟明已经下车，林晨下车以后用力把门一摔，“素质真低。”

气鼓鼓走了一段路，伟明忽然哈哈大笑。

“你怎么了？”

“哎呀呀，连打车都不会，居然还要创业，”伟明的笑有些苦涩，“盲点就是危险，危险处处存在，不可能每次都侥幸躲过啊。”

“慢慢来。”林晨十分佩服伟明面对挫折的乐观态度，对别人的嘲笑也置之不理，这正是一个创业者要有的品质。

“芯片发霉了，进过水。”换了两家维修店，工作人员都这么说。

“好吧，”林晨认为没必要换第三家了，“那怎么办？”

“这个手机型号太旧，也没有芯片可以换，没办法了。”

工作人员是一个二十几岁的年轻人，手里转着螺丝刀，螺丝刀非常小巧精致，工作台上有一盏白色台灯，灯光把旋转的螺丝刀照得很绚烂。

拿着一个没修好的手机回去见周西云，林晨想到就觉得沮丧："不行，一定要修好，不管用什么办法。"

工作人员睁开了半闭的眼睛，认真地看着林晨，看了一会儿，手里的螺丝刀也不转了，大概是在思考什么。

"这个芯片确实断货了，厂商早就停产，二手芯片也不太可能找得到。"工作人员无可奈何地说。

"买一部新手机，有货吗？"林晨问。

"就是这一款吗？"

"是的。"

"可能会有，可是，没必要买这个型号了，该淘汰了。"

"不，要买，然后把芯片拆下来，换到这个旧手机里面去，这样不就修好了吗？"林晨觉得自己真是想出了一个绝好的办法。

工作人员抬起了头，把螺丝刀握在了手心：“真的要这么做吗？这款手机现在还是要卖一千多块钱。”

林晨吸了一口气，下定了决心：“没错，买。”

工作人员打了一个电话，他想要一部二手的，可是那边只剩下最后一部全新的。

“还有一部。”工作人员看了一眼林晨，看到林晨兴奋激动地点头，“那你把那部送过来。”

可是明天早上才能到货，林晨在书包里数了十一张百元钞票，掏出来递给了工作人员，工作人员像洗扑克牌一样把钞票整理了一遍，也不用验钞机就把钱收了。

把一千多块钱换成一张票据，林晨觉得背上的负担减小了不少，想到手机可以修，林晨觉得很有成就感，到时候怎么跟周西云交代呢？告诉她手机换了一个小零件好了，花了三十块。林晨又一次庆幸早上没有买下那家该死的按摩店，即使买了一家“该活”的按摩店又如何，还不如如此漂亮地修好一部手机呢。

“花这么多的钱修手机，不需要问一下周西云吗，如果她不愿意这么修呢？”伟明担忧地问。

“哦？没事呀，她又不知道我是怎么修的，对了，你要保密哦，别被她知道我买了一部新的，到时候我会告诉她手机只是换了一个小零件。”

“啊？林晨,你不觉得,不觉得你疯了吗？”走出了电子城，他们重新沐浴在热烈的阳光之下。

“哈哈哈。”电子城台阶很高，林晨站在最高的台阶上看人行道上的人来人往，觉得自己做了一件非常对的事。没有什么比爱更好，更没有什么比默默地爱更好。

刘实木的破车已经开在了回校的路上，他们没有住进旅馆睡午觉，海滨旅馆的费用比较高，海滨烧烤摊的天价烤肠已经让刘实木心痛得滴血，他不能再多花一分钱。他们在车里换的衣服，其实也不是换，泳衣本来就是作为内衣穿在里面的，去的时候把外衣脱掉，回来的时候穿上即可。

范小寒还想多玩一会儿，她听说这边的大海黄昏时很美。

可是刘实木已经见过那边的美景很多次了，他和前妻恩爱的时候常常到那片沙滩上散步。

其实在树荫下睡个午觉等黄昏也未尝不可，不巧刘实木在沙滩上看到两个比基尼美女，两个比基尼美女居然陪在一个穿白衬衫来沙滩的年轻男子身边，刘实木看比基尼时全身燥热，看白衬衫时心有不甘，所以早早就想把范小寒拉回家。

“小寒，王老师那边的钱还有多少？”刘实木一手握着方向盘一手摸着变速杆，看着后视镜里的范小寒。他所说的王老师是王秀莲，王秀莲就是范小寒父亲的债主。

“还有一万多。”范小寒一想到这个数字就苦恼，就不敢得意忘形，就知道自己要听话。

刘实木的嘴角勾起一丝微笑，不过他还是叹了口气：“怎么又多起来了？”

“我奶奶没把他管住，我爸又跟王老师买码了，王老师说她也不想帮他买，实在是因为我爸求她。”范小寒从心里仇恨王秀莲，但是又不能表现出来。

“你爸要是那么想买，不跟王老师买也会跟别人买的。”刘实木十分感谢王秀莲，要不是王秀莲这边愿意赊账，范小寒的父亲也不敢多买，王秀莲愿意赊账，也是因为范小寒这边还钱方便，王秀莲可以从每一笔赌资中抽取手续费。她帮很多人买六合彩，这已经成为她的主要收入。

范小寒原本以为自己能帮父亲还清债务，想不到赌债会越来越多。她的家里从来没给她打过钱，每个月四百的生活费是残联补助的。她母亲早已改嫁他人，改嫁之后就当没有范小寒这个女儿。

残联几次推荐范小寒的父亲去免费培训按摩，他每次都以各种理由拒绝，实际上他中学毕业的时候就学过按摩，只是不想做。范小寒的奶奶在村里开一家小卖部，他要让他老母亲养他一辈子，他说谁让你把我生成了瞎子。

范小寒的父亲学会了耍无赖，他觉得自己的生活过得不错，只是付出了尊严，而尊严本来是没有价值的，付出以后就有了。

十

林晨和伟明在网吧过了一夜，隔天早晨取到了周西云的手机。电子城旁边的一块空地上有许多公交车在进出，是许多路公交车的起点站，这里的公交站牌清晰可见，林晨和伟明看起路线来也不那么吃力了。他们最终选择了 7 路车。

在起点站坐公交车就是舒服，不需要挤，上车就有座位，林晨和伟明刚刚满足地坐好，车里忽然上来了一个面熟的男人。

“那是不是阿勇？”伟明碰了碰林晨的肩膀。

“哇靠，真的是阿勇。”林晨吓了一跳，那个大热天穿衬衫打领带的家伙，不是办公室主任兼化学老师阿勇还能是谁！

阿勇似乎没看到他们两人，又似乎已经看到，因为以他的做派即使看到了他们也不会主动理睬。他手里拿着一杯从麦当劳里买的可乐，大模大样地在林晨和伟明的斜对面坐下，跷起二郎腿，皮鞋油腻腻的，光可鉴人，和他那因为发际线严重靠后而显得特别巨大的光额头很像。

“你说他怎么不自己开车呢？”林晨小声问伟明。

“是啊，这么装 ×，公交车怎么配得上他！”

“他会不会知道我们没有假条，他不是办公室主任吗？”林晨担心地说。

“他哪有时间管那些东西？听说他在电子城开了一家电脑维修店，看来估计是真的。”

“刚好可以给学校修电脑，他在学校也管电脑。”

“所以才开电脑维修店呀，没事就给电脑换换零件，用二手零件把学校新电脑的零件换掉，不仅赚走了零件，而且修理费想开多少开多少，钱哗啦啦地就出来了。”

“哇。”林晨恍然大悟，“原来是这样。”

“他那个店肯定在电子城的七楼以上，七楼以上的店面租金便宜，没什么顾客，反正他就是做一个壳，能开发票就行。”

“你太厉害了。”林晨对伟明越发佩服。

伟明嘿嘿地笑了笑，车里的人很快多起来，阿勇的身影被挡住,偶尔可以透过缝隙看到他在吸可乐。将近一小时过去,车里又回到有空位的状态,阿勇还坐在那里,可乐杯已经不知去向,估计被他扔出了窗外。

“我们下一站下车。”伟明对林晨说。

“可是还有两站才到。”林晨有些疑惑。

“难道我们要跟阿勇一起下车、一起进校门吗?”

“哦哦,不要!”

“我们还是跟他打个招呼吧。”伟明在林晨耳边说。

林晨点了点头,于是他们两人互相扶着肩摇摇晃晃地到了阿勇的面前,异口同声、清脆响亮地喊:“老师好!”

阿勇睁开了眼,近视镜片挡不住他愤怒的眼神。他没有说话,觉得车里的乘客都在看他的笑话。其实是阿勇太敏感了,乘客们才懒得理他。他觉得被两个残疾学生叫“老师好”是一种耻辱,何况伟明的残疾还这么明显,他在校外从来不说自己是老师,别人都以为他是老板,而这两个家伙居然没头没脑地就来了一个“老师好”。

“走吧，嘿嘿。”伟明拉开了还在疑惑的林晨，一瘸一拐地向后车门走去，他们很快就下了车，下车后伟明哈哈大笑。

“你怎么了？”林晨更加不懂了。

“原来阿勇还怕我们呢。”伟明忽然把笑声收住。

“看起来好像是啊。”

“他是看不起我们，靠我们挣钱，还看不起我们。”伟明愤怒地说。

林晨笑了笑，原来伟明是生这个气。“整个学校都是这样的，靠我们挣钱，却看不起我们，你还没习惯吗？”

“也是也是，早习惯了。”伟明嘿嘿地笑了，重新调整好了心态，“我们不能再往前走了，在这边找家餐馆吃饭吧，离学校太近的话，碰到老师一起吃饭就麻烦了。”

“有道理。”面前就有一家做家常菜的饭馆，“不如我们就在这边吃吧。”

林晨和伟明走进饭馆，厨师兼老板的大叔马上过来热情招呼。两人坐下点完菜，才注意到邻桌有一个很漂亮的二十几岁的女人在看着他们微笑，店里除了她就没有别的顾客了。

林晨心中狐疑，她那么充满善意地微笑是怎么回事？伟明也预感有大事要发生。果然，饭馆深处有抽水马桶冲水的声音传来，然后有人开门，走过来的人正是初三高一合班的班主任，周老师。

林晨、伟明和周老师面面相觑，一边的女人捂着嘴笑，还是周老师首先打破尴尬的气氛，他温暖地微笑："你们来吃饭呀。"

"是啊是啊。"林晨不好意思地说。

"怎么样，有没有去哪里玩？"周老师在女人对面的座位坐下，"你们刚来，没能带你们出去玩是我的不对。"

"没有没有，是我们不对，是我们不对。"林晨觉得非常不好意思。

"你们等下怎么回去？"周老师的表情变得严肃认真。

"原路返回。"林晨说，伟明点了点头。

"有办法就好。"周老师微微一笑，简直帅呆了，"那你们什么时候回去？”

“马上马上。”林晨说，“吃完饭就回去。”

“到学校以后给我打个电话。”周老师站了起来，到厨房那边结账去了，那个漂亮的女人拿起包走到林晨和伟明桌边。

“你们是不是不认识我啊？”她问。

林晨和伟明默默地点头。

“我是许老师，小学部的。”

“许老师好。”林晨很开心，觉得这个许老师真好，特别适合周老师。

吃完两菜一汤，林晨和伟明拍着肚子满足地笑了，这样好吃、新鲜的饭菜实在是久违了，林晨跟老板要了名片，以后可以经常叫餐了。

“多少钱？”林晨问。

“刚才那个人是你们老师吧？”老板笑着说，“你们老师已经付过了。”

十一

前一天还下雨，现在却日头炎炎，林晨和伟明已经走得口干舌燥，依然没找到那面破墙。

“你说那会不会是幻觉？”林晨渴得受不了，晒了两个小时，这一带偏僻荒凉，想找家便利店买瓶水都不可能。

“你说什么是幻觉？”伟明也快累倒了，他的支撑腿左腿被高跟鞋踢伤了，他没有让林晨知道，在网吧的时候偷偷卷起裤腿看了看，膝盖下方青了一片。

“就是那面破墙，其实根本就不存在，只是幻觉。”林晨绝望地说，说出这句话他自己都觉得后背发凉。

伟明吐了一口口水：“这怎么可能？那我们是怎么出来的？”

“是啊，不可能，但是现在找不到了。难道破墙被修好了？”

“那也不可能这么快吧？”伟明也有点怀疑，路应该没有走错，破墙对面的工厂已经找到了，厂里响着搅拌机哗哗的噪声。

“白菜地难道也被铲了？”黄沙路平坦笔直，视力好的话可以一眼望到尽头，林晨在视野范围内根本看不到白菜地，而白菜地应该是很明显的，因为它是黄沙世界里少有的黑土地。

“见鬼。”伟明真想找一块树荫，可是周围光秃秃的，像沙漠，“那墙估计真的是被修好了，干脆我们去走正门吧。”

“走正门？”林晨惊讶地看着伟明，伟明嘿嘿地笑了笑，不过这次的笑声比较痛苦。

“门卫是早晚轮班的，如果门卫问我们是怎么回事，就说昨天回家了一趟，说我去你家玩了，门卫会以为我们出校门的时候是另一个门卫值班，他没看到我们出去就可以理解了。”

“有道理。”林晨觉得挺有意思，“那就这么定了，走吧。”

两个人互相扶着肩膀向学校走去，到正门了，大门没开，开了一个偏门，两个人没事人一样走了进去，门卫李大爷正坐在阴凉处抽烟。

“回来啦？”李大爷很热情地对他们打招呼。

“是啊，哈哈。”林晨和伟明同时回答，声音显得特别大声。

“上哪儿玩去啦？”李大爷随口问。

“就是去我家玩了。”这回伟明没说话，林晨沉默两秒后回答。

“哎呀，放假七天呢，怎么不多玩几天？”李大爷站了起来，身材高大威猛。他并没有向林晨和伟明扑去，而是走进了传达室，原来是烟抽完了去熄烟。

看着李大爷的背影，林晨放心了：“哎呀，家里太小，住起来不方便，就回学校来了。”

“哦，哈哈。”李大爷和蔼地笑着，林晨和伟明就此安全离开。

林晨第一时间给周老师打了电话，林晨还没有说话，周老师就笑着说他看到他们进来了。

“他看到我们进来了。”挂掉电话，林晨对伟明说。

伟明眯起双眼看向远处的办公楼，可以隐约看到周老师办公室的窗口是打开的，不过伟明看不清窗口处有没有人，“他可能在办公室。”

“难道他一直在窗口那边等我们？”林晨有些震惊。

“有可能。”

“其实我们这样出去，周老师很担心的，以后还是少出去吧。”

林晨和伟明踏上塑胶跑道，横穿这条跑道可以更快到达宿舍楼，他们要赶紧回去喝水、休息。校园军乐队正在塑料草地上吹哀乐，军乐队里都是小学生，他们自嘲是哭丧队，此时捧着金灿灿的大号小号各种号玩得很开心。在哀乐的伴奏下，林晨和伟明不由自主加快了脚步。

他们各自回了自己的宿舍，宿舍里有一个林晨的好兄弟叫王文天，王文天读小学六年级，他正躺在床上，林晨拿起他的热水瓶就不客气地往自己的水杯倒水。热水是前一天打的，温度正好，伟明也拿着空杯子来了，两个人把一瓶水喝光了。

“你们上哪玩去了？”王文天忧伤地说，“快把我闷死了。”

林晨和伟明哈哈大笑，为他们成功穿越学校的防线而笑。他们不仅成功地穿越出去，而且从正门大大方方走回来了。

林晨没时间给王文天叙说这两天的经历，他从书包里掏出手机就往楼上的高三班跑。手机的外壳依然是周西云原来的那个，手机壳里的芯片却是全新的。

周西云正在教室里为高考复习，林晨把手机捧到她的面前，他已经按了开机，手机正好发出了开机音乐。

“哇！”周西云兴奋地大叫，“修好了呀，真的还可以修啊！”

“那当然啦，我不是说可以修的嘛！”林晨很有成就感地笑了，看着周西云开心的样子，林晨觉得付出多少都值得。

“修了多少钱？”兴奋过后，周西云想起还有修理费用。

“三十。”

“这么便宜啊！你太厉害了。”周西云激动地在原地蹦了两下，又忽然抱了一下林晨。林晨退后一步，差点昏倒在地，周西云以为是自己撞的，又赶紧把林晨的手臂拉住。

周西云带着林晨去宿舍拿钱，林晨走在她的身后。周西云的长发都披到了胸前，她的绿色T恤在背后开了一个心形的大口，露出背后的大片肌肤，林晨心想周西云该不是故意露出来给他看的吧？不过他立刻推翻了这个自作多情的推测，因为周西云是最单纯的女生。

他们走完四楼走廊，下了一层楼梯，林晨真希望这段路永远走不完，他在宿舍门口等她时，往里面看了一眼，发现范小寒居然就在里面，不过她好像睡着了。

周西云把钱拿来给了林晨，她又忽然想起什么似的说:“你能不能帮我提两桶热水？我要洗澡。”

十二

林晨听到“洗澡”这个词时又开始头脑发热，不过他马上清醒过来，他知道周西云经常叫男生帮忙提洗澡水的，随便什么人都可以帮她提，她就是这么不谙世事。

“你居然需要两桶水？”

“是啊，我还要洗头。你提得动吗？你好瘦啊。”周西云开玩笑地看着林晨。

“当然可以啦。”林晨假装生气地说，“把桶交出来吧。”

林晨提着两个空桶到生活教室，生活教室不仅有王秀莲的床和桌椅，还有一个带双水龙头的烧水箱。林晨洗澡都用冷水，这还是他第一次拿着桶到生活教室接水，运气不错，生活教室里一个人也没有，不需要排队，水又很快就开了。

林晨分两次把水送到，第一次周西云让他把水放在宿舍门口，第二次却让他把水提到卫生间里面。

“实在是太重了，我提不动。”周西云笑着说。她抱着衣服和浴巾站在蹲位旁，已经换了拖鞋，沐浴露和洗发水放在墙角的凳子上。林晨在心里感叹女生宿舍的卫生间好干净，洁白无瑕的壁砖让整个空间亮堂许多，周西云就像一个站在光明中的天使。

林晨没憋住喘了口气，本来想假装自己很有力气的，结果发现自己都不能正常说话了，赶紧退出卫生间做深呼吸，周西云说了声谢谢后把门关上了。

“你怎么会来这里？”范小寒已经坐在床上，一脸严肃地看着林晨。

“哦，没事啊，帮周西云提一下热水。”

“帮西云提水是没关系啦,她经常叫男生提的。”范小寒说。

“哦，这个我知道。”林晨有点不耐烦。

有一个共同的问题卡在林晨和范小寒的喉头，沉默了几秒，还是林晨先问出了口：“你不是回家了吗？”

“是啊，我又回来了，你呢？”范小寒说谎的样子很自然。

“我当然是也回来啦。”

“回来了好呀，我在家里很没意思，我爸和我奶奶天天吵架，实在待不下去，所以我就马上回来了。”

“嗯。”林晨点了点头，宿舍里还有几个女同学，林晨觉得在女生宿舍站着难受，于是他就走了。

“在周西云那里待了这么久呀。”伟明笑着说。林晨回到二楼的时候伟明正躺在走廊栏杆上，栏杆很宽，贴着白色瓷砖，王文天也坐在上面。

“还不够啊。”林晨笑了笑，也坐到了栏杆上，心想自己确实没和周西云在一起太久，时间都用来打水了。

“我刚才去破墙那边走了一趟，破墙还是那个样子。”伟明说着坐了起来，“我们那时候可能走错路了吧。”

“只能这么解释了。”

“还有，操场上又多了两只瞎猫。”

“什么情况？”林晨倒吸一口凉气。

“被王老师抓走了，”王文天的大嗓门喊着，“两只猫都没有眼睛，趴在地上一边摸一边爬，啊，太可怕了。李超他们还玩那两只猫，把它们扔来扔去，还好王老师去把猫抓走了。”

“说话小声点啊，叫你把大嗓门的毛病改掉总是不行，真不该让你去破墙那边。”伟明敲了王文天肩膀一记，“破墙如果被别人发现了，我就干掉你。”

“啊！”王文天大声地叫了起来，“万一不是我说出去的呢？”

“你这个大嗓门，不是你说出去的还能是谁？”林晨拍了拍王文天的肩膀，他就坐在林晨和伟明之间。

“我要订餐。”王文天委屈地喊了起来，“你们都吃好吃的了。”

林晨和伟明都笑了，他们就喜欢这么可爱的王文天，想到中午那顿可口的饭菜，再想到食堂又要把所谓的“营养大餐”拿出来，林晨和伟明立刻决定订餐了。

两份牛肉炒面和一份牛肉炒饭很快送到了校门口，中午时见过的老板亲自骑摩托车来送餐。他给门卫李大爷递了一根烟，李大爷当门卫这么多年第一次碰到有餐馆来送餐的，也不知道学校领导会支持还是反对，他心想孩子们也不容易，换换口味是好事，乐呵呵地就让林晨和伟明把餐给接了。

林晨和伟明不让王文天一起去校门，毕竟第一次订餐不知道会发生什么不测，王文天坐在宿舍楼下的石凳上焦急地等，看到他们两人拿着饭盒回来立刻开心地跑过去。

三个人回到宿舍满足地吃起来，其他同学见到都问这饭是哪里来的，他们三人如实相告，于是想订餐的人越来越多。

“哈哈哈。”林晨扫完牛肉面后忽然笑了起来，“我们明天来搞一次革命。”

“搞什么？”伟明没听清林晨说了什么。

“明天晚上组织一次大规模订餐，让食堂损失一笔。”

“好主意！”王文天大声叫好。

“你小声一点，明天下午开饭之前再通知订餐，别被食堂知道了。”

十三

隔天晚上的食堂没能排起长队，几个打饭的阿姨看着一盆盆菜发呆。她们平常总是忙得心烦气躁，因为盲人打饭比较麻烦，他们不知道面前还有什么菜，阿姨们要一遍一遍地报菜名，报着报着就骂起人来，说一分钟前我刚报过一遍，怎么就记不住呢？是眼睛不好使，还是耳朵不好使，还是脑子不好使啊？有借口的骂人是很爽的，至少阿姨们觉得很享受，于是此时的冷清让她们备感失落。

“怎么人都不来？”其中一个阿姨生气了，“一放假就肚子不饿了吗？”

“再过五分钟如果人还不来的话，我们就关门，看他们还不求我们！”另一个阿姨说。

厨师大叔坐在餐桌那边看电视，他以前看电视的时候嫌四周的学生太吵，现在却觉得安静得受不了了。他走到窗口问里面的阿姨们：“晚上是怎么回事？”

“不知道啊。”

“领导不是叫我们照平常的量做吗，不是学生放假基本没回家吗？”

“是啊。”

厨师大叔又去问来吃饭的几个同学，可是来吃饭的同学只剩下杨坤和几个小学生，杨坤一边流着口水一边对大叔说：

“好香，真的好香啊。”

厨师大叔决定去宿舍叫学生吃饭，他走出食堂才发现自己还围着蓝围裙，于是把蓝围裙解下来握在手上。他来到宿舍楼二楼的走廊上，敏感的嗅觉让他觉得情况不妙，不过他还是气势汹汹地喊了一句：“小兔崽子们啊，吃饭啦！”

厨师大叔马上就后悔了，因为他往门里看了一眼就全都明白了，里面每个人都捧着快餐盒吃得腮帮鼓鼓。他走进 201 宿舍，大吼一句：“你们造孽啊！”

同学们知道食堂会生气，却没想到会这么生气。大家应该有选择如何吃饭的自由，“造孽”一词又如何用得出？没有人搭厨师大叔的话，不过大家也停下了筷子。

“你们哪里来的这些快餐？哪里来的？”厨师大叔的蓝围裙不知怎的已经展开，在空中乱舞。

“订、订餐。”

“该死！”厨师大叔骂了一声，没有再多说什么，转身走出 201 宿舍，他在 202 和 203 也看到了同样的盛况。他在 202

看到了这次“宿舍聚餐”的组织者林晨、伟明和王文天，不过他此时还不知道那三个埋头吃面的家伙就是给他找麻烦的罪魁祸首，那三个家伙之所以用快餐盒挡住自己的脸，其实是因为他们正在偷笑。

林晨还让餐馆送了四罐易拉罐啤酒，晚上十点二十分熄灯，熄灯之后林晨和伟明拿着啤酒来到二楼一间小学教室门前，伟明用一张硬纸片撬开门锁，他们两人就到里面拉开窗户喝起酒来。

他们坐在窗台上，把双腿放到窗外，晚风凉爽，第一罐酒下去，林晨喝出的是自由。

“其实在盲校挺不错的，没事干。在普通学校读高中的话，每天做题背书很可怕的。”林晨笑了，他想到自己刚来盲校的时候一直想退学，现在却又觉得盲校好了。

“我小学一年级的时候也是在普通小学读，差点被人弄死，哈哈。”伟明拉开第二罐啤酒，“那些同学把我扔进了垃圾堆。那个学校有一个垃圾场，所有班级的垃圾都往里面倒，他们就把我扔到里面去，四个人打我一个，根本没办法反抗，进去了以后还站不起来，一站起来就摔倒，他们就在外面笑。”

“怎么这么可恶。”林晨把空罐子捏得啪啪响，“人的本性绝对是恶的，什么‘人之初，性本善’，真是自欺欺人。”

“为什么那些同学要欺负我？就因为我腿不好，把我东西抢走，然后喊着叫我去追，他们觉得这样就很开心。老师也不管他们，因为理所当然就是要这样。”伟明苦笑着，“二年级我转学到盲校，我的视力比他们好，我也欺负起别人来了，所以我不怪那些欺负过我的人，大家都一样。为什么食堂的大叔认为我们必须吃他做的那种饭菜？因为我们不吃不行。我在盲校这么多年，见过的变态老师也有很多个，像阿勇那种只是看不起人算好的，人总是在利用别人的弱点，所以一旦有了弱点就容易受制于别人。前几天我听到一个新闻，一个中年男人到贫困山区帮助女学生上大学，结果那个男人被公安局以组织妇女卖淫罪给带走了。他说他一开始确实无偿帮助贫困学生，是后来没钱了，所以才组织卖淫，还说组织卖淫就是为了让女学生上大学。放屁！没钱是他的借口，利用女学生的贫困才是本质，邪恶的本质，没救的。”伟明喝了一大口啤酒，然后呵呵苦笑。

“不，有救，文学会改变这一切，治好人类天生的精神疾病，让人类成为更好的人类。”

“啊？哦。”伟明想笑，不过听林晨说得这么肯定，就不打击文艺青年了，结果他最后还是笑了，呵呵哈哈，实在忍不住。伟明觉得林晨是一个挺聪明的人，可是偶尔冒出来的一些想法又幼稚得匪夷所思，大概就是因为相信文学。

林晨也笑了，他从来不跟别人说这些想法，他知道别人会觉得可笑。这次是刚好聊起这个话题，加上喝了酒，伟明又是好朋友，他爱笑就好好笑吧。

“你说我要怎么样才能追上周西云？”林晨忽然问，话题转得很快。

“啊？”伟明吓了一跳，差点把半罐酒倒出了窗外，周西云这个名字是他心中的伤口，“你不是有范小寒吗？”

“范小寒不行，我一直想跟她分手的。”

“为什么还没分？”

林晨想了想，他知道答案，但是他说不出口：“只是时间问题。”

“我觉得你也是真心喜欢周西云，不然不会那样帮她修手机。”伟明叹了一口气，“说不定我姐还能帮我们找到另一家店面的，到时候不知道还有没有钱。”

“对了，我觉得我们还是应该先静下来思考学习，在学校多混几年吧。社会上好乱，这次出去，你没发现我们还有许多不足吗？”

伟明点了点头，他也觉得自己可能真的有点着急，沉默了一会儿，两人的酒都全部喝完，伟明又提起了周西云：“我帮你追周西云。”

“哦？”林晨有些意外，“怎么帮？”

“我跟她是老同学了，多说你的好话呀。最重要的是，在合适的时候告诉她手机里的秘密，她知道你那样默默地帮她修手机，肯定会感动得不行的。”伟明嘿嘿地笑了，这是他最自信时的样子，是他下定决心时的表情，“手机里的秘密不能让你自己告诉她，你来说的话就成讨债了，哈哈，所以只能交给我了。”

林晨修手机的时候没想太多，现在被伟明一说，他发现这的确是追周西云的绝妙办法，于是他没有反对。

伟明是为了周西云才转学到这个盲校的，但是他发现自己依然没有追上周西云的可能。他把空罐子扔出窗外，黑夜里传来金属落地后刺耳的响声。

十四

早餐的稀饭一团一团地泡在水里，水与大米明显分离，大米却黏成白而光滑的整体，食堂认为昨天剩下的干饭丢进开水就可以当作稀饭。午餐也难以下咽，米饭的确新鲜，可是米饭之外的东西就都是前一天晚上剩下的了。

“今天晚上继续订餐。”林晨对伟明说，“跟他们干到底。”

“这样的话，明天中午得继续订，不然又要吃剩菜。”伟明说。

“是啊，想让没良心的食堂亏一次钱真的很难。”

坚持订餐的同学却越来越少，残联给学生的补助是先被学校扣下的，学校把补助的钱换成了饭票才发给学生，而订餐用的全是现金，有一些同学身上现金不够，于是林晨跟同学收购饭票。有一些同学觉得这家餐馆吃腻了，林晨还特意翻墙出去找了一家新餐馆的菜单回来。

订餐两天，又突然去食堂吃一天，结果食堂菜做得很少，阿姨和学生互相冷嘲热讽，“哎哟，你们不是不吃食堂吗？”“哎呀，食堂不是很多剩菜吗？拿出来呀。”

食堂的秩序彻底混乱，那些不订餐的同学开始埋怨订餐的同学，是订餐的同学害我们吃剩饭剩菜，是订餐的同学害我们没饭吃。有一次统计订餐的时候王文天少算了一份，于是有一个同学没能吃到快餐，他非常生气，说你们这些组织订餐的完蛋了。

“我们怎么办，会不会出事啊？”王文天有些害怕。

林晨拍了拍他的肩膀，“有没有读过鲁迅的一篇小说，叫作《药》？”

“没有。”

“好吧，那我就直接跟你说吧，愚昧的人吃革命者的鲜血，以为可以治病，但是革命者依然要为人民牺牲，这就是革命。”

“啊？”王文天摇起了头，“我不要牺牲。”

“靠，不会死的，你以为会怎么样？”林晨也十分烦躁，他不怕被开除，实在不行自己退学也可以，但是王文天还是一个小学生，不得不替他担心。

国庆假期结束的第一天果然报复就开始了，林晨、伟明和王文天被分别叫进了副校长办公室，分管后勤的黄副校长亲自审问，林晨和伟明没说王文天参加组织工作，可是王文天自己说他参加了。

黄建复校长其实就是食堂的幕后老板，他是偷窥狂黄建设的亲哥。他已经秃顶，年纪不小了，说话颤颤巍巍，给人唯唯诺诺的感觉，下手却是够狠的。

林晨、伟明、王文天三人被教官带到操场做蛙跳运动，林晨跳一百个，王文天跳五十个，教官看着伟明无力的右腿，建议他换做一百个俯卧撑，伟明说不用了，说好蛙跳就蛙跳。

林晨跳完一百个的时候伟明只跳了六十个，他一次次地向右倒下，由于双手背在身后，倒下时常常来不及用手支撑，手臂和额头都摔破了皮，跳到第九十个时彻底倒下了，林晨和王文天跑去和教官做了一笔交易，他们两人又跳了十个，用二十个顶替伟明的十个。

满头大汗、双脚发软地回到宿舍时刚好是午饭时间，林晨、伟明、王文天泡了三碗方便面到食堂餐桌享用。张副校长听说学生大面积订餐也特意到食堂视察，她用钥匙串敲着林晨他们的餐桌："你们这是什么意思？为什么吃泡面？"

"没什么意思，运动过后需要补充点营养。"林晨若无其事地说，伟明忽然笑了，又赶紧忍住。

订餐被禁止了，两个门卫都得到了命令，绝对不许餐馆送饭进校门，最厉害的一招是学校不发饭票给学生了，残联的补助被学校完全扣下，以后去食堂吃饭不需要饭票，学校还以此为豪，对外声称盲校的学生是免费用餐。

同学们以前可以偶尔吃一顿方便面来改善生活，学校这么一搞大家就只能每顿饭都去吃了,不去吃的话就亏了。林晨、伟明和王文天不管那些，他们虽然是还要吃食堂的，不过有时候可以订餐，只是拿饭的地点换成破墙，他们直接坐在墙头把快餐吃完，心情好的时候多喝两罐酒。晚上工厂下班时有许多工人从他们面前走过，工人们说说笑笑，憨厚朴实的脸温暖如春。

十五

寄宿生活最头疼的是洗衣服，一天中午，林晨正在水池边洗衣服的时候，杨坤提着一条湿漉漉的花内裤凑了过来。

杨坤已经二十四岁了，林晨才十七岁，可自从和林晨熟悉以后，杨坤就喜欢把林晨叫哥哥，林晨听了都不好意思。杨坤说：“林晨哥哥，我问你一个问题啊。”

“好啊，要问什么呢？”

“你说我们是在地球的上面还是里面？”杨坤身高比较低，抬头认真地看着林晨。

“当然是上面啦。”林晨不假思索地回答，一边搓着内裤。

“哦，是吗？”杨坤有些怀疑，“对了，那我们是在学校的上面还是里面？”

“当然是里面啦。”林晨想都不想就回答。

“不对！”杨坤大声地说，“除非我们在地球的里面，不然我们不能在学校的里面，如果我们在地球的上面，我们就在学校的上面。”

“哦？”林晨把内裤丢进水里，觉得杨坤这个问题有点意思，“可是你看，学校到处都是围墙，我们被包围了，所以我们在里面。”

“地球上也有很多山呀，还有大海啊，我们也被包围的，我们在地球的里面。”杨坤认真地思考着，“我们还是在地球里面比较好，这样比较安全。”

“嗯嗯，杨坤你把我问倒了，我回答不了你。”林晨笑着说。

林晨拿着杨坤的问题问了许多高年级的同学，低视力同学基本上认为我们在地球的上面，不过周西云认为是在地球里面。先天全盲的同学认为我们在地球里面，林晨和他们讲大气层，讲宇宙大爆炸，讲航天飞船，讲如果是在地球里面的话航天飞船就飞不出去了，可是大家还是坚持自己的观点。

“英文说‘在地球’是说‘on the earth’，而不是说‘in the earth’，如果说在某某国家某某学校的话就用‘in’，on是在上面，in是在里面……”

“英文能说明什么呀，外国人就更懂吗？”周西云打断了林晨。

“啊？”林晨错愕之后哈哈大笑，他觉得这个问题不能再讨论下去了，每个人都可以有自己的世界观，杨坤这个问题给他的最大启发是，我们完全可以认为自己是在学校的上面，因为我们在地球的上面。

林晨想起小时候在百科全书里看过一张从月球拍摄的地球照片，地球有一半沉在黑暗之中，像一艘漂浮在黑水中的小船，人类乘着小船在宇宙漫无目的地游荡，一部分人生活在光明的蓝色船面，一部分人泡在黑暗的水里。

黑暗也不是完全不好，盲人能在黑暗中得到更多自由。学校因为停电陷入夜晚的黑暗之中，住在学校里的黄建设老师立刻跑到了学生宿舍楼，拿着手电筒在每个角落照射，连床上和卫生间都不放过。

黄建设果然有所收获，他在去往天台的楼梯转角照到一对正在拥吻的全盲男女，他把这对男女拉到走廊上罚站，还不让他们站在一起，一个在这头一个在那头，简直是没有视力可以对望的牛郎和织女。

黄建设把停电的消息报告给保卫科科长王标，王标打电话到电力公司询问这次将停电多久，得知要停两个小时，他头痛了。他群发短信希望老师们尽量到学校加班，他自己也骑着摩托车赶到了学校。

学生们不准离开教室半步，教室门也被关上，懂盲文的同学摸摸盲文书或者下盲人象棋，不懂盲文的低视力同学只能在黑暗中和监管老师一起干坐。音乐老师在其中一个班级发起了合唱，初三高一合班最不太平，范小寒不见了，最让老师担心的是，林晨和伟明也不在。

“他们三个会躲在哪里？”

“他们三个正在干什么？”

“伟明是不是负责望风？”

老师们浮想联翩，周老师给他们三人打电话，伟明和林晨在一起，说是在校园里散步，马上就会回来，可是二十分钟过去还是不见人影。

“该死，怎么运气这么不好！”伟明用力摇摆着加快脚步，他和林晨翻墙去外面吃晚饭，还给王文天带了一份。现在给王文天的这一份看来得先藏起来了，王文天发来短信说自己被关在教室，宿舍那边也都有老师巡逻，被老师看到快餐可不是小事。

“不就停个电吗，他们神经兮兮的，紧张什么？”林晨实在不理解，他们终于赶到破墙的外面。

“这快餐藏在哪里都不合适啊，看来是要报销了。”伟明把快餐放在墙头，空出手翻墙而入，他没有把墙头的快餐拿走，“干脆就放这里吧，只能希望老鼠和猫都不喜欢吃快餐了。”

“靠，电话又来了。”林晨接起手机，“哦好的好的，周老师我们马上到了，怎么停电了要集合啊……哦好的，我不问了，马上去教室，马上去教室。”

“不把我们管死那帮家伙是不会放心的，就怕我们趁着黑灯瞎火干点什么。”伟明想了想说，“该不会他们也没找到范小寒吧，要是那样的话……你就麻烦了。”

范小寒一直接不了电话，手机催命一般在床头柜上振动着，她的双手正背在身后被刘实木抓住，脸埋在枕头里闷声喘气，刘实木的手机也收到一条王标发的短信，不过区区一条短信他当然不会在意。

“刘老师，会不会，嗯，会不会是因为停电了，嗯啊，要集合？以前，以前停电常常，常常嗯嗯是要集合的啊，啊……”范小寒担心地说。

“马上就来电了，别管那么多。”刘实木在黑暗中把范小寒的手抓得更紧了。

林晨和伟明来到教室的时候范小寒果然不在，伟明开玩笑似的大声叹气，林晨也嘲弄地唉了一声，周老师集中精力对范小寒的手机进行轰炸，最后范小寒终于接起了电话。

“你在哪里?！”一向亲和的周老师大声地问，范小寒差点吓掉了手机。

“周老师，周老师，我刚才晕倒了，我，我马上回去。”

林晨、伟明和范小寒被分别带进三个办公室进行审问，他们甚至怀疑范小寒“晕倒”是林晨所为，林晨说范小寒明明是说谎，他对审问的老师说叫保卫科科长来一下。

“是要我亲自问，你才肯说实话？”王科长一进门就恶狠狠地说。

“是啊，你们应该去问刘实木或者袁教官，听说范小寒和他们有一腿，停电的时候估计和他们其中一个在一起，反正没跟我在一起。”林晨镇定地说。

“你有什么证据这么说？”王科长半信半疑地问。

“你爱信不信，你们又有什么证据怀疑我？凭什么把我关在这里？”林晨毫不示弱地说。

王标长得高大威猛，头特别大，坐在林晨面前像一头愤懑的狗熊。他默默地把半支烟吸完，二手烟把林晨呛得直咳嗽，最后叫林晨先走，他回到自己的保卫科，打开苍白的日光灯，把办公桌上的材料丢到一边，掏出打火机把烟点上，范小寒躺在桌上的情景又浮现在眼前。

在深棕色桌面的反衬下，范小寒的皮肤是那样的白皙，她的挣扎，她的顺从，她的哭泣，她的欢笑，王标以为这些一直只属于他一人，没想到范小寒不仅卖给他还卖给别人，王标有点不甘心，却也不能说什么。

林晨原本以为和范小寒的关系只是游戏那么简单，现在发现自己已经被连累，还连累伟明被审问，他不跟范小寒说话了。

范小寒看起来失魂落魄，一连两天披散着头发来上课，给林晨写字条说自己那天晚上真的是晕倒了，连地点都有模有样——她是练古筝的时候晕倒在琴房了，可能是因为用功过度。

晚饭时间林晨没有离开教室，整层楼只剩下林晨和范小寒两人，林晨把范小寒拉到讲台桌的侧面，这个大讲台桌可以挡住来自走廊里的视线，他在心里告诉自己这次之后就跟范小寒分手，再也不让欲望牵着鼻子走。

范小寒默默地蹲下……她的食管痉挛着，发出干呕的声音，眼泪和口水大颗大颗地流。看到范小寒这么痛苦，林晨觉得非常满足，一阵震颤过后他又原谅了她。

也许范小寒真的是晕倒在古筝琴房了吧，林晨对自己说。他知道自己已经染上了“毒瘾”，“毒瘾”自动生成各种借口让他接受现在这种虚伪的感情，他依赖着范小寒，就像一个瘾君子依赖他的毒品。

冬天渐渐来到了南方，林晨喜欢一个人爬上天台吹风，冰冷的风能让人清醒不少。他看着飘浮在空中的月亮，看着时不时经过月亮的云彩，常常就这样忘记了时间。他觉得自己是一个肮脏的罪人，除非洗干净自己的内心，除非戒掉“毒瘾”，否则不能追求周西云。

“今天的值班老师晚上要提前熄灯锁门，我们赶紧走吧。”王文天跑到天台找到林晨，他就知道林晨在这里。

他们两人走到二楼时王秀莲一脸焦急地站在铁门边，教务处副主任板着一张讨债脸瞪着林晨。大多数值班老师晚上都不会出现，就是那几个中层领导会来刷存在感，刷存在感最便捷的方式就是提前熄灯，改变别人的作息时间是权，强行关灯也是权。

光明虽然没了，作息其实没有改变，值班老师锁上门后满足地离开，同学们就像烧开水一样渐渐地发出声响，最后沸腾。林晨和伟明坐上走廊的石栏杆，宿舍那边的喧嚣好像被一堵空气墙隔绝，听起来像是从许多年前的某地传出，又像做梦一样。

"要告诉你一个坏消息啊。"伟明嘿嘿地笑着。

"什么坏消息？"林晨显得十分无所谓，他觉得这个地方已经不能再出什么更坏的消息。

"周西云的前男友转学过来啦，今天晚上刚到，就住在我宿舍，他明天去报到。"

"她还有前男友？"林晨有些吃惊。

"他们是大概六年前在一起的，那个男生名叫毛飞，比周西云大三岁，周西云初一的时候他高一，他几年前出了一次车祸，脑袋受伤了，我刚才问了他一下，他这次来上学是准备继续读高一的。”

“那就是我们的同班同学啦。”林晨笑着说。

“他现在脑子还没完全恢复，反应很迟钝，不过比前些年好多了。他在医院的时候就一直吵着要找周西云，出院后也是这样，不过他家人都没让他出来，请周西云去过一次医院，可是毛飞见到周西云后却又认不出她来。”

“怎么这样，那现在他能认出来吗？”林晨问。

“不知道，就看明天的了，不过感觉他现在的确脑袋好多了。他是白化病，视力比范小寒还好，当时出车祸啊，说起来也挺悲剧——周西云跟他分手，那天是周末，毛飞请假在家，周西云说要分手他就马上骑摩托车往学校赶，结果车轮被路上一块小石头给绊了，毕竟还是视力不好，绊到小石头后车子偏离方向，摔进了绿化带，撞在一棵树上，他又没戴安全帽。”

“这种故事经常发生在电视剧里面，想不到还挺现实。”林晨说。

“所以我们学校那些同学就起哄，觉得周西云应该和毛飞和好，这样故事才更像电视剧，才更感人。”伟明嘿嘿地笑着。

“就想看别人的悲情戏，你那些同学挺没人性啊。”

“哦不不，这才是人性，哈哈。他们经常打电话劝周西云，说毛飞有多么好，多么爱她，车祸醒来以后什么都忘了，只记得她，那些年把周西云烦死了。”

“现在毛飞找上门来了，周西云岂不是更烦。”林晨担心地说。

早自习时林晨准时到了教室，他已经不参加早自习很久了，今天是特意来看痴情的毛飞同学，结果毛飞同学并不在教室。

林晨心想新同学还没报到，当然不会傻傻地来自习，不在教室也是应该，正拿出一本《梅特林克戏剧选》开始阅读，却听见走廊那边传来骚动声。

“快，快，去找生活老师拿药！”黄生红的声音大声地喊，“速效救心丸。”

高三班的一个同学从窗外飞奔而过，林晨感到情况不妙，赶紧往高三班跑去。一个陌生男生正站在高三班门口忏悔痛哭，他有一头纯白的头发，黄生红拦在他面前，教室里的周西云痛苦地呻吟着，她躺在课桌上，手脚乱踢乱打，还不时骂出一个“滚”字。

王秀莲踩着高跟鞋匆匆赶来，她手里的确有药，可是当她拿出药时周西云却坚持不吃：“叫他滚，他不滚，我不吃，滚！”

王秀莲转头对毛飞大叫了一声还不快滚，林晨把还在门口傻站的毛飞拉走，这个家伙又高又大，林晨拉得气喘吁吁。原来他早就到高三班了，不知道说了什么把周西云气出了心脏病，毛飞回过神后又要往回走，林晨把他拉了回去。

“你想害死她吗？”林晨对着他喊。

毛飞站住了，眼泪大颗大颗地从他浅蓝色的眼睛中流出，“我，我，我不想，不想害，害周……西云。”

“那就对了，那就跟我走。”林晨重新拉动了毛飞，黄生红在后面推，一起把毛飞弄进了初三高一合班的教室。

“我，我，我爱周西云。”毛飞迟钝地说，咬字模糊，很明显他的智力没有完全恢复。

“那你就不应该来我们学校。”林晨说，这几乎是他第一次在“学校”前用上“我们”两个字。

“为，为什么？”

“她不想看到你，周西云不想看到你。”林晨冲着他喊，喊得毛飞的眼泪又下来了。

“喜欢她的话，就不能害她，就要希望她过得好，对吧？”伟明说。

“为……为什么，我……我会害她？”毛飞原本握紧的拳头松开，一条金项链落在了地上，他弯腰捡起。刚才他就是拿这条金项链跟周西云求婚，结果周西云的心脏差点儿停止了跳动。

没有人给他答案，那么残酷的答案需要他自己想出。毛飞就那样捧着项链在讲台桌前站住，背对黑板，面对初三高一合班的同学，手里的项链很粗，款式很土的那种，正好搭配他的朴实。范小寒去给毛飞送了一包纸巾，毛飞没有接，纸巾只能放在了桌上。

还好周西云平安无事，速效救心丸含服之后很快她就停止了心痛，女同学给她端来红糖水，周西云觉得没必要回宿舍休息了，她主要是怕毛飞还在走廊。

初三高一合班早晨第一节课是语文，当陈老师走进教室时毛飞还站在那里，像一尊雕像，像某种行为艺术，陈老师惊呆了，把范小寒叫到走廊一问究竟，最后只能到隔壁班找来正在上数学课的周老师。

“你怎么了？”周老师马上过来，仰头看着讲台上高大的毛飞。

“我，我不想，不想害，周……西云。”毛飞困难地回答。

“那我们走吧。”周老师平静而坚定地说，然后自己转身先走。

毛飞机械地动了动，跟上了周老师的脚步，他们下了楼，在宿舍拿好了行李，然后在阳光下一起穿过操场，穿过塑胶跑道，一直走出了校门。

“你们周老师该不会有催眠术吧？”陈老师站在窗前看着楼下的两人，“又或者是惺惺相惜的作用。”

“陈老师，惺惺相惜是什么意思？”有同学问，他们对这个词用在这个地方都感到困惑。

“哦？”陈老师忽然意识到自己说漏嘴了，不过既然已经把话说出口就干脆说完好了，“跟你们八卦一下，你们周老师的女朋友跟新来的体育老师好上了。”

十六

接下来的时间林晨都没心情好好上课，原来爱情这种东西说变就能变，感觉那个许老师是非常好的一个人，怎么能背叛周老师呢？

的确，周老师是一个从贫困山区走出来的年轻人，没有钱，在这个城市也没有房子，但是周老师人很好啊，长得也帅。

林晨特别失落，他有一种没道理的心理感受，觉得许老师甩了周老师，也就是甩了他们班级。

第二节是化学课，阿勇开始一如既往地敷衍，讲的是“二氧化碳”一章，他照着课文一字不差地读了一遍，化学式却恰到好处地一一跳过，让人怀疑他根本不知道那些字母如何表达。读完后他合上书沉思默想，片刻后又忽然想起什么似的叫同学们自习。

阿勇本不该教什么化学课的，无奈他志存高远，立志要当校长。当校长之前得先当副校长，他距离副校长的位置只有一步之遥，当地教育局规定只有平时有课上的老师才有晋升副校长的资格，这个规定非常好，保证了副校长的教学水平，可是这个规定辛苦了日理万机的阿勇，也辛苦了阿勇的学生们。

阿勇垄断了初三到高三的化学，初三是第一次上化学，还不知道期末成绩如何，其他年段的化学成绩几乎没有人及格，只有自学能力很强的黄生红考出过像样的成绩。学校对成绩基本上无所谓，阿勇在学生中被称为“皇帝身边的红人”，他是必须当副校长的，所以他必须教化学。

寂静中忽然响起了音乐《两只蝴蝶》，是阿勇的手机铃声。阿勇瞪了屏幕两秒钟才接起电话，接起电话的阿勇又不说话。

虽然没有免提，同学们还是听得到手机那边的说话声，是一个男人在低声下气地解释，阿勇的沉默让那个男人更加不安。

“养兵千日，养兵千日用在一时，你懂吗！”阿勇忽然大声地质问，又干咳两声，“不管怎么样，明天一定要把一百五十台电脑给我借来，明天领导就来检查了，他们是要拍照的，这点电脑都借不到，我养你这样的兵干屁！”

阿勇用的是翻盖手机，他啪的一声把手机盖上，瞪着手机咬嘴唇，看得出来他不仅愤怒，而且挺担心，估计明天来的不是一般的领导。他们没有把领导要求的电脑买来，而是准备借电脑来糊弄。

“老师，我想问一个问题。”林晨举起手说。

“嗯，问吧。”阿勇手一甩把手机丢在桌上，烦躁地看着林晨，心想这个家伙又要找自己的麻烦。范小寒坐在林晨的身后，看着林晨的背影替林晨担心，责怪他何必在这种时候招惹老师。

“老师，既然二氧化碳在空气中最重，它为什么不会沉淀在地球的表面？如果它完全沉淀在了地球表面，我们是不是就缺氧而死了？”林晨装出一副特别认真的样子提问。

阿勇沉默着，空气中充满了尴尬，二氧化碳似乎真的已经在教室内沉淀了。令人窒息的两分钟过去，就在同学们以为阿勇回答不了的时候阿勇开口了：“你这种问题没必要回答，反正地球就是这样，不然我们怎么活着？”

“哦哦，是啊。”林晨忍住没笑，他原本就是想为难一下正在气头上的阿勇，这下是真的难住了他。

“好好读书，以后别再问出这么没智商的问题！”阿勇瞪着林晨，电脑的事情已经让阿勇烦成了火药桶，他要发泄一肚子的怒气。

“呵呵。”林晨没忍住发出一声冷笑，他也非常生气，没想到阿勇会说出这种话来，本想回应说跟我谈智商你阿勇还不配，不过想到阿勇无论如何还算是个老师，就把这句话压下了。

“你笑什么！”阿勇把桌子一拍，喊，“你对老师还有起码的尊重吗？你是什么态度！把‘二氧化碳’这一章给我抄一遍，下课之前交给我！”

“抄个屁！跟你说吧，”阿勇不依不饶，林晨不得不开战了，他因为愤怒和紧张嘴唇有些发抖，“二氧化碳为什么不会沉淀在地球表面，我告诉你，这个问题很简单，因为有风啊，因为有风啊！”

最后一句话林晨是喊的，他已经对这样的老师忍无可忍，阿勇还没说话，林晨吞了一口唾沫继续说：“我们这个学校就是没有风，如果有风，像你这样的二氧化碳就被吹走了，就不能沉淀在这里了，就被吹走了！”

“你说什么！”阿勇霍然站起，他身后的靠背椅轰然倒地，

“没有我的话，没有我阿勇的话，我们学校能行吗？你们能在这里读书吗？不说别的，没有我阿勇，明天我们学校就完蛋了，不懂感恩的瞎子，废物，人渣……”

“我们当然要感恩，但是我们要感恩的是国家，学校是国家给我们开的，没有我们就没有这个学校，你阿勇是靠我们挣钱，你自己算算你靠我们挣了多少钱，你还应该感激我们呢！”林晨也站了起来，体内翻腾一股跟阿勇打一架的冲动。

“屁！屁！狗屁！你放的全是狗屁！屁……”阿勇语无伦次地骂着，一时找不到反驳的理由，他心里想说根本就不应该给你们瞎子开什么狗屁学校，但是这句话他又不敢说，他阿勇还准备当这个学校的校长呢。

林晨把书一摔直接走出教室，剩下阿勇在那里骂了半节课。林晨以为后面会有教官来打击报复，至少班主任会来训话，结果什么也没有，阿勇这种人把面子作为人生的最高追求，他没有让任何老师知道这次争吵。

元旦晚上有企业家来捐钱，学校在礼堂举办了一场联欢会。范小寒穿上一套粉色长裙担任主持，看起来有模有样，和平时的样子判若两人。合唱团轰轰烈烈地把开场气氛推向高潮，红色地毯，红色幕布，主持人范小寒隆重地宣布，校长上周获得了全市年度十佳校长的荣誉称号。

老校长无限风光地走到舞台中央，一位女教师打扮成礼仪小姐把金色奖状双手递到老校长手上，老校长笑得合不拢嘴，把奖状举在胸前，台下师生的掌声像收音机没信号时一样啪啪地响。

老校长展示完毕走下舞台，第二个节目是优雅的芭蕾舞，由体育老师和许老师一起表演。

“呸。”林晨骂了一声，伟明嘿嘿地笑了，台上的一男一女跳得缠绵悱恻，体育老师把许老师举起来转圈，一手撑在胸骨一手撑在耻骨，许老师的短裙和双腿都在空中散开，虽然有单薄的白色长袜略做遮掩，但是白色内裤依然隐约可见，“有这么跳舞的吗？”

“人家是一对啊。”伟明说，“有什么办法。”

“恶心！”林晨抓着头发，他的头发已经很长，前几天德育处主任还警告过他，说下次必须去把头剪了。

“林晨，我发现你挺喜欢骂人的呀。”坐在前排的周西云忽然回头笑着说。

“啊，是吗？”林晨傻笑着。

“是的哦。”

周西云重新转头去看演出，林晨埋起头来开始反省，他回忆自己来盲校的几个月时间，刚来的时候只想走，后来居然觉得这个地方不错，轻松自在，想干什么干什么。是这样的放纵让他迷失，让他释放了内心的邪恶。林晨在盲校是有优越感的，这里还有许多完全没有视力的同学，他在盲校外面是盲人，在盲校里面却是明眼人。林晨和伟明有一次去一间小学教室，伟明摸摸一个小学生的头，小学生赶忙恭敬地说了声“老师好”，结果全班同学都喊起了“老师好”，林晨又开始用力地抓头发，想到那个场景就可怕。

看过那场芭蕾舞，联欢会对林晨来说已经完全没有喜庆的气氛，他塞上耳机听自己MP3里的歌。这联欢会对老师们来说也不是什么好事，元旦这天放假，老师们特意从家里赶来学校参加联欢会，当他们重新回到家里，又收到一条紧急通知：“有学生失踪了，马上来学校帮忙找人。”

原来王秀莲十点去二楼宿舍点名，结果二年级的许梧同学不在宿舍。王老师问许梧到哪里去了，同学们才忽然想起很久没看到他了，问了许多宿舍才确定午饭时许梧还在，可是从下午到晚上就没有人看见过他，这可把王秀莲吓坏了，马上报告给了张副校长。

老师们还没到，王秀莲已经组织了一支学生搜索队，搜索队的同学们都很兴奋，出去找人是一件多么刺激的事。

搜索队中几乎都是男生，女生只有一个范小寒，她是自己主动参加的。一旦丢了学生，学校的名誉就会受损，范小寒为学校担心，她从小在这所学校长大，学校就是她的家。

西北风在这个不眠的夜晚呼啸着，林晨和伟明互相扶着肩出发了，带了一个手动发电的手电筒，手电筒的蓄电功能不好，需要转着发电杆才能保持亮度。他们在破墙附近搜索，黑夜中他们不想跨进草丛，蛇和老鼠都有可能遇上，而且里面那条小溪边的泥地很滑，如果是为了出去玩的话还值得冒险，找人的话在外面叫几声就可以了。

“你们在这里干什么？”一个高大的身影出现在林晨和伟明面前，他们两人此时正在草丛边悠哉地散步。林晨把手电筒的光束向上抬了抬，原来是体育老师。

“我们在找人啊，怀疑许梧在草丛里面呢。”林晨说。

“那你们怎么不进去？”

“视力不好，进去也看不到。”伟明假装不好意思地说。

“也是，那我进去看看。”体育老师手里也有手电，他往里照了照，跨进草丛，然后里面很快就传出有人滑倒的声音，伟明赶紧拉起林晨快步离开。

“我们为什么要走？”林晨问。

“体育老师不想让人知道他滑倒，他要面子啊！所以我们要赶紧走。”伟明压着嗓子说。

林晨和伟明去到另一个角落，那里有几个水池，搭了一个简易棚子给人洗衣服，这里是一个避风的好地方。

此时水池后面站了两个人，两个人靠得很近，林晨顺着声音把手电筒照去，原来是范小寒。林晨一边旋转着发电杆一边把亮光上移，想看看范小寒面前站着谁，忽然听到一声凶狠的警告：

“手电筒不能照别人的脸你不懂吗，很刺眼的！”原来是保卫科科长王标。

“哦哦，好的。”林晨装出唯唯诺诺的样子，却又问了一个尖锐的问题，“你们也在找人吗？”

“当然了！”王标气急败坏地说。

“哦哦，是，是。”林晨和伟明笑嘻嘻地走开。

经过了一个多小时的搜索，许梧的身影依然没有出现，越来越多的人集中到了人工湖，林晨和伟明也来到了湖边。

这个湖很小，周围还用很高的石栏杆围起，没有不小心掉入的可能，不过许梧是全盲，也许他不知道栏杆的那边是一个湖，很有可能爬着好玩而掉进湖里。石栏杆为了美观设计成有空隙的三段，很容易攀爬，现在张副校长就站在湖边批评这个栏杆设计得不好。

许老师哭红了双眼站在湖边，冷风吹乱她的长发。她身上披着一件男式大衣，大衣肯定是体育老师的，因为体育老师正屁股上淤泥一片地站在她的身边。

大家基本上已经放弃了搜索，闲聊中所有人都知道了许梧是许老师的学生，而且当天被许老师批评了一顿，初步认定许梧就是因为被许老师批评而出走，甚至已经坠湖或者自杀。

有老师拉来了一捆绳子，张副校长走到绳子边，用早已喊哑的嗓子又喊了一句："谁下去湖里看看？"

十七

元旦前一天刚刚让教官们放假了，教官们这一学期没有军训，他们这个学期的任务是通过有关部门的审核。可喜可贺的是审核通过了，下个学期开始学校可以从军训方面得到不少收入。

“要是教官们还在就好了。”张副校长用几乎已经无法听清的声音喊，口气中饱含的失望是对在场所有老师的谴责。

“有谁能下去啊，养兵千日，用兵一时……”阿勇大声地吆喝着，可是周围的老师不是他电脑店的小弟，虽然表面不敢得罪他这个办公室主任，但是心底都对他不服，他阿勇叫别人下去，为什么他自己不下去？

“人死了以后是不是会浮上来？”林晨问伟明。

“好像要过一段时间。其实可以等明天来看，如果许梧在水下的话他也早死了，何必着急去捞，不过他们现在不可能冷静等明天了。”伟明说。

“秦老师。”张副校长走到了体育老师的面前，抬头看着他，虽然张副校长没有多说什么，但是意思已经很明显。

“没错啊，最应该下水的就是他了。”林晨小声对伟明说。

“嘿嘿嘿，刚好下去洗洗屁股吧。”

只见体育老师后退了两步，躲闪着张副校长殷切的目光，许老师也看着他，眼神担忧而充满期盼。

张副校长叹了口气，就在她即将失望离开的时候，一个熟悉的身影出现了，他比体育老师矮了不止一个头，但是他的步伐很坚定。他的手里拿着绳头，把绳头塞到体育老师的手上，是周老师。他对体育老师说:“你帮我拉绳子，我下去。”

在寒风瑟瑟的新年之夜，周老师跳进了冰冷的水里，体育老师无所适从地抓着绳子，许老师痴痴地望着那片波涛翻腾的湖。

水深完全漫过了周老师，他潜入水底摸索，如果许梧被捞出，那将是一个噩耗，如果找不到许梧，那就可以确定许梧出学校了，那就只好报警。学校不报警是怕影响不好，校领导认为学校的一点闪失都会成为新闻，而随便一则坏新闻都可能断送捐款。如果学校愿意报警，现在潜入水底的就是专业的消防队员，不是周老师。

经过漫长而煎熬的十分钟，周老师从最后一块水域浮出，张副校长喊着赶紧拉上来，体育老师才回过神一般地开始用力。

周老师从石栏杆的那边翻过，解开绳子的他在地上站不太稳。他全身僵硬地发抖，目光呆滞，许老师冲上去把大衣裹到周老师的身上，抱住他号啕大哭，连张副校长都忍不住老泪纵横。

“快带他回去洗个热水澡吧。”张副校长对许老师说，许老师拉起周老师就走，张副校长擦了擦眼泪，宣布今天晚上不找了，等天亮再说。

次日上午继续搜索，但是阳光并不能让许梧显形，张副校长终于在中午十二点报警了。结果从 110 转接到派出所电话之后，那边的警察说我们昨天下午收了一个盲童，正头疼没人来领呢。

“许梧没说自己是哪个学校的吗？”张副校长心中一块大石头落地，随之又是一团无名火起。

“他就是不说自己住哪里，我们巡逻时发现他在路边乱走，想送他回家，可是他说自己就想在外面。”

“你们不知道这里有一个盲校吗！”张副校长还是很生气。

“好了好了，你们又不是名校，谁知道是你们的学生！我现在给你送过去就是。”警察非常无奈，他原本可以把许梧送去收容所的，只是想着这种孩子丢了，父母肯定会马上报警，就让孩子在值班室的床上跟自己睡了一夜，想不到监护人到中午才报警，报警之后还这么凶。

许梧坐着巡逻的摩托车回来了，许多老师夹道等候，许老师把许梧抱在了怀里。许梧笑了，他闭着眼睛，露出两排牙齿。老师们无奈地摇头，张副校长真想上去打他两巴掌，许梧完全不知道别人的感受，他笑完之后欢乐地叫：“许老师，你终于抱我了！”

许老师把许梧往地上一放：“你以后如果再乱来，我就不跟你说话了。”

许梧很开心地答应了，原来他元旦那天很想让许老师抱一下，他听语文课文说拥抱是温暖的，是友善的，是爱的，他没有被抱过，想在新年第一天得到一个拥抱，但是许老师拒绝了许梧。于是许梧在围墙下摸索到一个小洞，那其实是一个拐出学校的水沟，水沟是以前使用的，现在没有水，留下的洞口实在太小，许梧出去的时候还擦伤了皮肤。

许老师和体育老师分手了，她在那个寒冷的夜晚看清了谁才是更好的男人，她的理智告诉她体育老师没有错，因为水太冷，她也不忍心让他下去，但是周老师下去了，她的理智被摧毁了。

周老师一连几天没上课，他发起了高烧，许老师要跟他和好，他说不行，并说自己跳下水去是为了学生和学校，不是为了她。周老师可能有点儿烧迷糊了，他说："你已经不值得我做任何事。"

"你跟周西云说手机的事了吗？"林晨问伟明，自从那次联欢会和周西云多说了两句话，林晨满脑子都是她的身影。

"哦，我还没告诉她，总感觉还不是时候。"伟明的确有好几次几乎要说出口，他和周西云之间可以用一套别人听不懂的方言交流，所以不用担心教室里有其他的人，但是伟明每一次走进高三班后都犹豫了。

“那就好，先别说手机的事，等我和范小寒分手了再说。”林晨下定了最后的决心，虽然他已经下过几十次决心了。

十八

分手需要时机，还需要一个说得过去的理由，林晨以等待时机为借口继续拖延着。

林晨要尽量减少和范小寒单独相处的时间，他和王文天翻墙出去买了两双旱冰鞋，傍晚林晨就在操场上教王文天滑冰。他们原本想在塑胶跑道上滑，可是旱冰鞋一上跑道就像被黏住似的，很难前进。

伟明也尝试了一下，如果学会的话以后走路就很方便了。林晨扶着他，可是一旦放开他就会摔倒，伟明认为是右腿较短造成的，他无法平衡。

许多同学去找王文天看旱冰鞋，用手摸着捏着，又把鞋子放在地上来回推拉，这么高这么硬的鞋，还有轮子，确实很有意思，他们也想滑着看看，可是王文天谁也不肯借。

林晨又去买了一对小音箱，晚自习之后同学们就听到了林晨 MP3 播放器里的歌，原来几乎都是那个叫周杰伦的家伙的歌。

同学们对周杰伦怨声载道，希望林晨不要放周杰伦的快歌，慢歌还算可以接受。周杰伦的音乐违反盲校音乐教育的基本准则，老师教的都是最阳光最昂扬的歌曲，他们认为周杰伦这样的音乐是颓废的，是有害的。

“风异常的冰冷，马蹄声让人睡不安稳，我在等灵魂序曲完成，带领族人写下祈祷文。”这是周杰伦《半兽人》里的歌词，文字押韵得这么漂亮，第一句的“冷风”写自然环境的残酷，第二句的“马蹄声”隐喻战争，是写社会环境的残酷，第三句序曲是写音乐的使命，第四句“祈祷文”是诗的救赎。“半兽人”怎么成为更好的人，这是几千年来文明一直在求索的主题。

林晨很快就把音箱收了起来，这么好的歌还是自己塞耳机听比较好。

期末考马上就到，范小寒这天晚上又没来自习，林晨也不关心她上哪去了。初三的知识林晨早就熟悉，没什么好复习的，他整理了一下书桌，就去了楼上的天台。

“贱货！”林晨刚刚走上半截楼梯就听到天台上有女生在骂人，他赶忙站住，好奇心又让他轻轻地迈开脚步。天台只占据半个屋顶，另外一半是仓库，仓库与天台之间有一个铁门，林晨慢慢地靠到门边。

“你这个贱货！”那个女生继续骂着，还有扇巴掌的声音传来。

“以后还敢不敢？”被骂的女生一直没机会说话，骂人的女生终于问了她一个问题，给了她说话的资格。

“不能完全怪我。”范小寒的声音传出，虽然声音不大，语气却很坚定。

“贱货！”骂人的女生估计是踢出了一脚，先传出一声肉体被打的闷响，然后是跺脚的声音。

“不过我以后不会再去了。”范小寒说。

“你确定？”骂人的女生语气终于缓和，听得出她也不是那种特别蛮横的人。

“我本来就是被迫的。”范小寒说。

“你难道还是被强奸不成！”骂人的女生又激动了，“你就是卖身的好不好，贱货好不好！”

“他是老师，我是被迫的。”范小寒声音忽然变得尖锐，口气中带着威胁，这是她第一次进行反击。

空气中再次传来扇耳光的声音，紧接着是喉咙被卡住的痛苦呻吟，不过是骂人的女生被掐住了，因为林晨听到范小寒用十分清晰的声音恶狠狠地说话：“别以为你就不是贱货！你家从你妈开始就是贱货！”

骂人的女生痛苦地喘息，范小寒居然能骂到她那离家而去的母亲，她要跟范小寒拼命，可是她掰不开范小寒的手，于是她也掐住了范小寒的脖子。

但是骂人的女生已经失去了先机，她肺里残留的氧气不如范小寒的多，很快失去了掐人的力气，要不是林晨及时出现，那个女生可能会死。

林晨拉开了两个疯狂的女生，她们两人互相瞪着对方，喘气的声音像磨刀，她们都不希望自己的事情被人知道，她们甚至有共同谋杀掉林晨的冲动。

“你，你都听见什么了？”骂人的女生先开口，她还没喘过气来。

“我，听见什么了？”林晨装出回忆的样子，“没什么啊，就听到楼上有打架的声音，所以才跑上来。”

“刚上来的是吧？”

“是的。”林晨若无其事地回答，“你们还是别打了吧，有话好好说。”

“哼。”女生迈开脚步离开，脚步声很快远去，林晨摸了摸范小寒的脸和脖子，那上面有一道道抓痕。

“你真的什么也没听到？”范小寒问。

“我听到了一点，你是被迫的，是一个老师，你告诉我吧，是哪一个？”

“刘实木。”范小寒爽快地回答，“刚才那个疯子是他女儿。”

“她怎么发现的？”

“能不能别问这种问题！”范小寒有些生气。

“好吧，也是，现在我们主要是把这件事解决了。明天你就和我一起去教育局吧，把事情跟领导说清楚。”林晨知道范小寒并不是她刚才所说的“被迫”，否则林晨就直接打电话报警了，他现在只想干掉刘实木，让他越惨越好。

“教育局？”范小寒哭了，她刚才被骂被打的时候都没哭，她知道哭泣对另一个女人毫无作用，何况是那个女生，而眼泪对林晨是有效的，“如果让教育局知道的话，我就完了。”

“为什么你就完了？”林晨假装困惑，“你不是被迫的吗？”

“他也没对我做什么，你以为他做什么了？”范小寒抬眼瞪着林晨，泪光中是哀伤，泪光后是计谋。

“我不知道他做什么了，我怎么知道？”林晨说，“不然你告诉我吧。”

“我去他家给他炖汤，他叫我去的，说他不会炖，我可怜他单身，所以，就去了。想不到在厨房他摸我的胸，我不让他摸，但是他还是把手伸进来了，然后，他女儿回来，看到了，就以为发生了什么。”范小寒无辜地说着，眼泪又流了下来。

刘实木的厨房在宿舍门口，是搭的一个简易隔间，他们之间的关系当然已经不只是摸胸的程度，炖汤倒是真的，是一锅牛鞭。不过刘实木还没进补就冲动地把范小寒的裤子给拉到了膝盖，天可怜见，的确只是预热。刘实木的女儿放假回家，听到厨房里的破抽油烟机正在呼呼地响，以为老爸在里面做饭，推门而入，看得连连退步，就在准备转身逃跑的时候，又忍不住呕吐。

“他摸你的胸，这已经构成犯罪了，我们去教育局，刘实木就完了，他本来就有这方面的前科……”

“那我也完了，你怎么就不懂呢？”范小寒生气地打断了林晨，“你从来就不考虑我的感受，你一点都不关心我，你和刘实木有什么区别？你自己想想，你们这些臭男人。”

一团怒火在林晨心中燃烧：“原来，我和刘实木没有区别啊。”

“不！”范小寒又忽然抱住了林晨，趴在他的肩膀抽泣，“对不起，林晨，我喜欢你，我是真的喜欢你。”

林晨忽然有点想哭，也许范小寒这次说的是实话呢，她抽泣得这么厉害，整个身体都在抽搐，何况她的父亲确实欠债很多，即使她真的在卖身又如何，她依然是无辜的，可怜的，怎么忍心怪她。

“我知道，如果你去教育局告了刘实木，你也名声不好了，而且刘实木也不会坐以待毙，他说不定会反咬一口，所以你才不想去。”林晨拍了拍她的后背，“不去就不去，放他一马吧。”

范小寒把林晨抱得更紧，她似乎忽然觉得很冷，全身发起抖来。

“不过我要跟你说件事，我和你，要分手了。”林晨说，他要尽快结束和范小寒的关系。

“就是因为这件事吗？”范小寒小声问。

“因为……”林晨想了想，实际上他是要以这件事为契机，不过他还是不想放过刘实木，干脆最后逼范小寒一下，“因为你不跟我去教育局。”

范小寒全身抖得更厉害了，她深吸了一口气，说：“我懂，男生就是这样，明明女生是受害者，男生却不原谅。去教育局你就不分手吗？其实我了解你，你太小气了，你还是会跟我分手。”

林晨的身体也发起抖来，也许寒冷是会传染的。小气？林晨觉得自己根本无所谓，他完全不顾她的名誉，要利用她去报复刘实木。“报复”？想到这个词，林晨的心受伤了。为什么要报复？他还是在意范小寒的，即使他真的不想在意，范小寒在名义上仍是他的女朋友，她和那些老师搞在一起，林晨慢慢发现自己有被戴上绿帽子的感觉。

“你一直在卖身，对不对？”林晨推开了范小寒，他意识到范小寒伤害了他，虽然他一直认为自己只是喜欢她的身体，但是喜欢就是喜欢，欲望已经腐蚀了他的心，他首先要报复的人是她，“对不对？你一直在卖身对不对？”

范小寒放开了林晨，后退了两步，她的目光呆滞：“你凭什么这么说？”

“我早就听说了，你爸欠人很多钱，你卖身，帮他还。”

“你这个样子好可怕。”

“我建议你去一个地方，叫作牛头镇，坐 25 路公交车就能到，那个地方适合你，赚钱很方便。”林晨说。

“那是什么地方？”

“红灯区，你可以去那边做鸡。”林晨冷笑了起来。

“林晨，你疯了。”

“哎哟对了，睡你一次要多少钱，我也想睡。”林晨轻佻地捏着范小寒的脸，那张脸正在冰冷中发热。

林晨稍微满意了一些，看起来范小寒的确挺羞愧，他继续思索能让她伤得更深的句子，还没想出来，范小寒先忍住了抽泣。

“我已经拿到了按摩教室的钥匙，那边中午的时候绝对没人去，有床，很方便，我去那边等你，明天中午。”

林晨有些吃惊，他们做男女朋友的时候没有发展到那一步，却在分手时达成，这大概不怎么符合常规，何况他刚才还说了那么难听的话。

“为什么？”林晨问。

“你不是一直想要吗？”范小寒笑着说，听她轻松的口气，会以为刚才什么事都没有发生过。

“可是我们已经分手了，难道你真的要卖？”

“不是的，是我为自己完成一个心愿。”范小寒感觉到自己已经夺回了先机，她卖弄风情地对林晨挥了挥手，“来不来看你喽，明天中午见。”

说完范小寒走下了天台，脚步声渐渐远去，林晨的心跳渐渐平静，他深吸了一口气，忍不住笑了：“居然会这样。”

隔天早晨在教室看到范小寒的时候，林晨禁不住紧张。

原来古人做事是非常有道理的，洞房花烛之前盖住新娘的脸真的很重要，林晨整个早晨都不能好好上课，他对范小寒的身体已经有基本的了解，一直苦于没有合适的地点做深入考察。他熟悉她的每一条曲线，因此更加迫切地想用自己的画笔修改她的曲线，可是他现在对自己缺乏信心，他不是画家，甚至是第一次画画，画笔要如何使用完全不懂。更可怕的是，画笔里的颜料，他听说可以在最后时刻收笔，但是收笔的学问对新手而言实在有点高深。

按摩教室里有六张按摩床，林晨推门而入的时候范小寒坐在靠窗的一张，窗前拉着浅绿色窗帘，幽暗的阳光朦胧深邃。林晨把门锁上，范小寒开始脱衣服，林晨却觉得肚子不太舒服，范小寒已经全部脱完，林晨依然站着没动。

“你怎么了？”范小寒问。

“没怎么。”林晨发现自己已经没有退路了，出于礼貌他也必须开始，但是当他终于跪在范小寒身上的时候却只觉得冷，他的画笔没有动能。

“你怎么了？”同样的问题范小寒又问了一遍。

我怎么了？林晨在心中问自己，他跳下床，快速把裤子穿好，他在范小寒轻松自然的表情中看到自己的无聊。她是一个妓女，他明明知道，这种事情对她而言只是一次工作，而他却要冒巨大的风险，可能会被传染某种疾病，可能使她怀孕，不管哪一个都将使他付出惨重的代价。

“不然还是先像以前那样吧。”范小寒也有点冷，她把衣服盖到身上，她看不懂林晨脑中复杂的想法，她觉得他只是太紧张，只是缺乏引导，“没关系的，慢慢来就好了，你过来。”

“算了算了。”把鞋子穿好的林晨终于有了点脚踏实地的感觉，他恢复了平静，冷冷地笑了笑，“你把衣服穿起来吧，我先走了。”

林晨真的走了，轻轻关上了门，范小寒把盖在身上的衣服狠狠地推到地上。

林晨对自己的表现沾沾自喜，他觉得自己做得很好，不为美色所惑，但是他又对自己的画笔心存怀疑，要不是它启动不了，他是否能脱险就很难说了。可是它居然启动不了，它是不是已经坏了？它到底行不行？林晨一边写着期末试卷还一边思考着这个问题。

“我交卷了。”用了不到半小时林晨就答完了数学试卷，他把试卷交给周老师，爬上天台去晒太阳。

天台上挂着两床棉被，林晨得绕过它们，绕过之后差点撞到一个蹲着的女生，他赶忙后退一步，靠在棉被上。

“是你呀。”那天骂人的女生正蹲在地上抽烟，她睁开大眼睛看着林晨，“看来你挺喜欢上天台啊。”

“是啊，”林晨笑了笑，他从声音上知道了她是谁，上次见到她的时候光线太暗，想不到这么漂亮的女生会那么暴力，“看来你也喜欢来这里。”

“抽吗？”女生掏出一根烟，递到林晨面前，她说话的口气慵懒，是一种颓丧的感觉。

“不会抽，不用了。”林晨说。

女生收回香烟，深吸了一口，凝神静气，闭上双眼，享受着那一团浸泡在体内的烟，然后呼出一片烟雾，才重新睁眼看着林晨："我叫刘若水。"

"哦，我叫林晨。"林晨忍不住佩服面前的女生，也不知道是佩服她哪里。

"谢谢你那天救了我啊，当时我真的觉得自己要死了。"刘若水笑了笑。

"啊？哦，哈哈。"林晨也蹲在地上，"那你给我一根烟吧，我要学。"林晨觉得她抽烟的样子特别酷，忽然产生学抽烟的冲动。

"那不行。"刘若水把一口二手烟喷在林晨的脸上，喷得他一时间窒息，"不会抽烟是好事，吸烟有害健康，你救了我，我怎么能害你。"

"这样啊。"晕乎乎的林晨干咳了两声。

"那当然啦，抽烟无非是烧叶子而已。"

"烧叶子？好酷啊，很崇拜你。"林晨真心地说，他发现和刘若水这样的人说话很轻松，想说什么说什么。

刘若水调皮地笑着，她的烟已经烧到过滤嘴，她却依然捏在手指间，她的手指对疼痛已经麻木，又或许她就是要用烧灼来刺激自己的感觉，她问：“你平时除了到天台来，还喜欢做什么？”

“读书。”

“好吧。”听得出来刘若水对林晨很失望。

“哦，不过当然不是课本，我很颓废的，我读的是诗歌。”

“诗歌怎么颓废了？”刘若水又觉得林晨有点可爱，“你好像真的把颓废当褒义词了。”

“是吗，哈哈，不过诗歌确实很颓废的，因为那个东西一点用都没有，还让人脑袋不正常。”

“诗歌怎么没用了，可以给女孩子写情诗呀。”刘若水扔掉过滤嘴，把挂在绳子上的棉被拉到地上，然后一屁股坐到上面，“写一首给我怎么样？”

林晨有点反应不过来，这个刘若水居然这么随意地就把别人的棉被拉来当坐垫，还叫自己给她写情诗。

“你也坐啊，腿不麻吗？”

“哈哈，好。”林晨也坐到了棉被上，棉被很软很舒服，林晨干脆躺倒，蔚蓝的天空阳光刺眼，一朵白云是大象的形状。

“记住我的手机号，然后用短信把情诗发过来吧。”刘若水报了自己的号码，林晨拿出手机存下，“给你一分钟的时间，看看你是不是合格的诗人。”

“啊？”林晨没想到自己居然获得了一个成为诗人的机会，他坐了起来，认真思考，刘若水却躺了下去。

林晨看着她的睡姿，她闭着双眼，他就大胆地盯着看，她皮肤不白，睫毛锋利，充满野性，她把双臂垫到脑后，低腰牛仔裤和黑上衣之间露着一段平坦的腹部，拉成椭圆形的肚脐眼随着呼吸起伏，像一只深邃妩媚的黑眼睛。难道颓丧的女人都这么性感吗？林晨心想。

“你怎么还不写？”刘若水没有睁眼，却似乎看得到林晨的内心。

“哦。”林晨赶忙低头看手机，他决定要写一首狂野的诗，和她的狂野势均力敌。

刘若水的手机响了，是林晨的短信，她掏出手机，由于天空太亮，躺着看手机不太舒服，她侧过身背对林晨，读到的诗是这样写的：“你是一杯干红，我是一罐黑啤，混在一起摇晃，调成一杯鸡尾。”

“不错啊。”刘若水笑着说，“你去把那个铁门关上，回来我告诉你一件事情。”

林晨绕过挂在绳子上的棉被，用脚把铁门轰地关上，铁门很久没人动了，关上的瞬间掉下一层铁锈，扬起一阵灰，他意识到会发生点什么，所以用门边一个废弃的床头柜把门卡住。当他重新绕过棉被回来时，刘若水的确已经一丝不挂地躺在棉被之上。

刘若水闭着眼睛的样子似乎只是在享受日光浴，林晨不敢冒失，只能坐在她身边做深呼吸，他觉得自己应该闭上双眼，却始终无法从她起伏的胸部移开视线。她拉起他的手笑着说：“我是一杯干红，你是一罐黑啤，混在一起摇晃，然后呢，我们是变成鸡尾酒了吗？”

十九

范小寒的身体怎么看都像个陷阱，刘若水则不同，她是一个足以用来飞翔的深渊。

坠落的鸟在某一瞬间学会飞行，于是振翅高飞，深渊的出口如太阳一般耀眼，渐渐扩大着光圈，飞鸟在逃离之前吐血，静止，然后重新坠落。林晨重重地倒在棉被上，天上的大象云已经走远。

“表现不错哦。”刘若水的声音意外显得有些温柔，她把林晨的蓝色内裤拿去塞在胯部，笑着说，“借用一下啊，别把人家的棉被弄脏了。”

“对不起，留在里面了。”林晨抱歉地说，他发麻的双腿刚刚恢复知觉，磨红的膝盖很疼。

“没事，我已经上环了，对了，懂什么是上环吗？”

“懂。”林晨心中一惊，但是他没有多问，他明白她是一个对生活不抱什么希望的人。

他们不能休息太久，说不定棉被的主人会上来收棉被。他们把棉被重新挂起，拍去上面的尘土，棉被套的是一张翠绿色花被套，就像一个春天。

林晨觉得自己很难再见到刘若水了，他们也没有在一起的可能性，可是大脑里刘若水的身影始终挥之不去。晚自习时林晨正在感伤地出神，忽然有人摸了摸他的脸，林晨惊讶地抬头，原来正是刘若水站在他的面前。

“书读得进去吗？”刘若水问。

“确实读不进去。”林晨更加震惊，原来刘若水已经把他看透了。

“都在想什么呢？”刘若水笑着问。

教室里十分安静，同学们当然不是在认真读书，而是认真听他们的对话，特别是范小寒，她几乎要从座位上跳起，她觉得刘若水是故意向她挑衅，通过勾引林晨来对她打击报复。范小寒还不想放弃林晨,她觉得自己总还有办法把他留住。

林晨握住刘若水的手，在她手背上轻轻吻了一下，刘若水微笑着把手抽出，又摸摸林晨的脸，然后转身离开。这时林晨的身后忽然传来唰唰两声，是范小寒撕掉了作业本。

期末考试分两天，第二天晚上林晨正和伟明坐在破墙上喝酒，想到刘若水他就想把自己灌醉，想到她特意来教室和自己告别林晨还想哭，就在准备开第三罐啤酒的时候，他收到了刘若水的短信。

“有时间吗？”屏幕上显示这几个字的时候林晨紧张地屏住了呼吸。

“有。”林晨快速回复。

“到我家来，我在教师宿舍楼下等你。”

“好。”发出短信,林晨跳下破墙,对伟明说了声我有急事,小心地跨过小溪，一出草丛林晨就跑了起来，在黑暗中向着亮光跑去。跑到教师宿舍楼的时候喘得上气不接下气，满脸发热酒劲发作，林晨靠在墙上休息，他不希望刘若水看到他这个迫不及待的样子。可是还没来得及装酷刘若水就出现了，原来她早就在附近，穿着棉布睡衣，用拖鞋把抽到半支的烟踩灭。

“你这么快，”刘若水摸了摸林晨的脸，“还喝酒了。”

“是啊。”林晨压抑不住自己的冲动，把刘若水紧紧抱住，他不想让她离开，却又知道她一定会离开，一阵悲伤袭来，林晨几乎要借酒痛哭。

刘若水不喜欢深情的拥抱，她不能对面前这个小男生产生半点留恋，这只是一场游戏。她调皮地用小腹顶了顶林晨，这时林晨才注意到她柔软的胸前没穿内衣。

林晨跟着刘若水上了楼，他知道刘实木的家在哪里，但是他假装不知道。刘若水下楼时没关门，他们直接走了进去。

作为一个家这个房间太小了，双人沙发和茶几之间几乎没有空隙，茶几和小电视也几乎靠在一起。房间里用塑料板隔出两个小卧室，一个是刘若水的，一个是刘实木的，林晨知道刘实木的卧室是哪个，因为里面正传出呼噜声。

“你爸在家？”林晨小声地问，他有种转身就跑的冲动。

“他喝完酒就是死人啦，不用管他。”刘若水说话声音很大，丝毫不把刘实木当回事，拉起林晨的手走进自己的卧室。

刘若水的房门是非常简易的塑料板，上面有一个小插销，林晨小心地把插销插上，回头看刘若水的时候她已经脱了上衣。林晨头脑一热忘掉了所有的顾虑，扑上去脱刘若水的裤子，他们马上开始，这回已经轻车熟路，酒精让飞鸟更加强壮，刘若水的声音渐渐放大，等音量已经达到骇人听闻的程度时林晨才意识到危险。

“你还是小声一点比较好。”林晨对刘若水说。

“没关系……”刘若水换了姿势把林晨压到身下，声音更大了，在林晨听来简直惊天动地，隔壁终于传来刘实木起床的声音。林晨想逃，但是刘若水压住他的胸口让他动弹不得。

刘实木的脚步快速来到刘若水的房门前，却又忽然停步。他没有推门，那个门估计一脚就可以踹开，但是刘实木站着没动。刘若水冷笑了一声，她一边扭动一边没歌词地唱起歌，如同一场残忍的欢呼。

原来刘若水是在演戏，林晨不懂她的动机，他只能把对手戏配合好，挺起自己的腰部集中精力。被重击的刘实木踉跄地退步，脚后跟撞到沙发，刚好躺倒，他又挣扎着爬起，跑出了家门。

“哈哈哈……”刘若水笑了，在林晨的身上雀跃，她甩着头，长发飞舞，像一朵黑色的蒲公英，飘散着芬芳的毒。

“为什么要这样？”穿衣服的时候林晨忍不住问。

刘若水正趴在床上，她累了，没有说话，林晨看到她的肩膀在颤抖。

“你没事吧？”

“你走吧。”刘若水的声音十分疲惫，慢慢地爬起，背对着林晨跪在床上。

林晨深深地感到心痛，默默看着她，看着披散在她背上的乱发，林晨有种和她一起去死的冲动，因为想和她在一起只有一种可能，那就是死。

“记得忘了我，因为我已经忘记你了。”刘若水回头看着林晨，满脸泪痕，调皮地笑。

林晨只觉得整个胸口被堵塞，他的心脏被戳穿了，刺痛着。他喜欢上她了，可是她没怎么把他当回事。也许是当回事的，可是当回事又如何，他们之间依然有鸿沟阻隔。

林晨抹掉眼泪，亲了亲她的脚心，先是左脚，然后右脚，刘若水吃痒地笑。

“我走了。”林晨说。

“好。”刘若水含混不清地回答。

林晨真的走了，他不怕刘实木站在家门口，不怕被他打一顿，不怕被他拿起菜刀砍两下。既然已经离开刘若水，死又何足惜。

刘实木正光着脚在塑胶跑道跑圈，他不想看见那个男生。他推测那是刘若水的同学，明白女儿是在报复他。和范小寒在厨房的那个晚上过后刘若水就没和他说过话，女儿原本就看不起他，从前妻的离开开始。他永远记得那个晚上，八岁的女儿撕心裂肺地哭着，要他把妈妈找回来，他只能用一箱啤酒把自己灌醉。往后的日子里刘若水动不动就哭，而他总是用醉酒来逃避内心的折磨。有一天，刘若水把一瓶冰啤酒倒在了他的脸上，然后说，我不要妈妈了，你也不是我爸爸了。

对一个八岁女孩而言，父母的离婚就是命运，和命运抗争的人都远离了人群，因为人群是命运的帮凶。

刘实木一口气跑了两千米，发汗有助于醒酒，他渐渐恢复了理智，缓过气后坐在塑料草地上抽烟。他觉得自己没有做错什么，为了不让女儿觉得不适，自己才没有再婚，既然自己单身，就应该在失去能力之前尽量生活得好些。

对象是女学生，这有什么?！只要女学生是自愿的，都是成年人了，不算问题。刘实木越想越觉得是女儿太自私，难道她是担心自己会跟女学生结婚不成？没错，她肯定是在担心这个，那给她写份保证书好了。

刘实木把烟头丢在塑料草地上踩，痛得他跳了起来，原来拖鞋还没穿上。他的脚底和草地都被烟头烧出了直径两厘米的伤口，痛觉让他彻底清醒，于是一瘸一拐地向家走去。

刘实木醒了，林晨却醉了，他回到宿舍就把藏在床头柜里的酒翻出来，只剩两罐，他大口喝下，倒在床上沉沉睡去。

二十

次日早晨林晨头痛欲裂，心中空空荡荡，与刘若水的邂逅推倒了他心中的一座高山。他做了一个梦，地震在高山之下拉开一个巨大缺口，起先山石乱滚，随之烟尘蔽日，一声巨响过后高山整个陷入深渊，化为空空荡荡的平原。

想改变一个人，最快的方法可能就是让他去做一件特别的事，如果是和特别的人一起做的话，改变会更大。林晨发现周围的世界不一样了，那是因为他的内心发生了改变，他觉得自己以前把任何东西都看得太认真，那是孩子气的表现，孩子们总是对一切充满好奇，相信发生在自己身上的事一定有某种意义，认为自己的存在非常重要，以为自己学会的知识是正确的，对表里不一感到愤怒，对别人的批评和夸奖十分在意……

寒假里林晨重新读《道德经》，读到“上善若水”一句的时候忽然流下了眼泪。这本薄薄的书他已经读过六遍了，第七遍阅读他又有新收获，他会把读书时产生的想法记录在笔记本上，这回他却发现自己的收获无法总结为想法，更不能用文字写出，他只能这样写：“老子之所以被称为老子，可能就因为他不孩子气。”

范小寒失恋了，她所规划的未来被终结。她的确喜欢林晨，但是对她而言喜欢是虚的，生活才实实在在，林晨对她而言是一个美好的未来，她爱的是这个未来。虽然她一直知道这个未来非常虚幻，她也知道林晨只是喜欢她的现在。

范小寒是在一次盲人短跑集训时失身，兼任体育老师的王标当时是他们的带队教练，他们一起去了外地，他把她单独叫到宾馆房间，拿出十张百元钞票塞进范小寒的怀里，告诉她练体育是要摘除处女膜的。

“怎么摘？”范小寒有些错愕，拿着一千块钱一脸茫然。

“我来！”力大如牛的王标把范小寒抱到床上，轻松脱了裤子，把准备好的浴巾垫在她的臀部，亲自做起“手术”。范小寒感觉整件事情都稀里糊涂，一连几天都没想明白，只有一千块钱实实在在，其余的一切都消失得那么快，最后她告诉自己这没什么，也许只是一种高效轻松的赚钱方式。

王标很快又叫了她一次，同样是一千块，这次他们不再是“手术”，还做了新的尝试，范小寒发现自己已经喜欢上了这种叫“性”的东西，可是一股强烈的羞耻心还在折磨着她，折磨得她无法入睡。范小寒回学校就把两千元给了王秀莲，开始为父亲还债。羞耻的感觉消失了，她被自己感动，在自我牺牲的泪水中沉醉。

范小寒一下子成熟了，她每天都在期待王标的召唤，她觉得周围的女同学都是孩子，而她已经成为一个女人。不过她在床上依然装出一副很痛苦的样子，心想这样可以得到更多的“补偿”。

可是王标给的钱还是越来越少，最后每次只给两百元，范小寒也不能抱怨什么。有一次完事后王标不打算掏钱，要把价值一千多元的旧手机送给范小寒，范小寒说不行，因为要拿钱还债，她敏感地认为，自己如果接受了“礼物”，以后就再也拿不到钱了。

范小寒后来打算把挣到的钱拿去买自己喜欢的东西，因为克服羞耻感后她已经不需要用还债做借口。可当她为自己存下一笔钱时，王秀莲却直接来找她讨债了。

王秀莲呵呵地笑着，一副她已经全都知道的口气，一副你不听话我就让你身败名裂的表情。她告诉范小寒不用担心，还帮范小寒开发更多的顾客。

范小寒的父亲也大概猜得到范小寒是用什么方式在还债，但是他不愿多想，他是一个无赖，而范小寒则在电话里解释这些钱是练体育发的补贴。

范小寒有时会在心里怨恨自己的父亲，为什么自己会有这样的父亲！父亲是一个骗子，和母亲结婚之前假装自己眼睛没有问题，实际上视力在不停地下降，结果父亲完全失明后母亲就闹起了离婚。

范小寒不怪母亲离开了自己，她心疼母亲。为什么母亲没有早点发现父亲眼睛有问题？为什么要和父亲生孩子？生出来的孩子还遗传父亲的眼病。

为什么自己要出生？为什么一出生就是这个父亲的女儿？范小寒从心里仇恨周西云，仇恨那些无忧无虑的女孩，她们凭什么那么幸福？

她觉得自己的命不好，她甚至想着赌博可能可以改变命运。她实际上是在和父亲一起赌博，她提供赌资，由父亲决策,每次开码她都很关注。她一直盼望着父亲能赢一把像样的。他不是说自己越算越准了吗，他不是总说这次就中了吗？

可惜赌博只能是输多赢少，因为中奖的号码比不中奖的号码少。范小寒的父亲赌的是钱，而范小寒赌的却是命。

范小寒的父亲越欠越多，范小寒的生意却越来越不好。王标叫她的频率越来越低，袁教官结婚之后也不要范小寒了，王秀莲不敢开发更多的顾客，她对其他老师没有十足的把握。

曾经范小寒说黄建设老师可以试试，结果王秀莲一番旁敲侧击之后，偷窥狂黄建设竟然轻蔑地冷笑了一声，吓得王秀莲再也不敢乱问其他的老师。

范小寒在寒假第一天就去了牛头镇，她要赚钱，她不想回家，她给自己的借口是要跟林晨赌气，既然林晨叫自己去牛头镇，那就去牛头镇好了。

下

历盲心

二十一

范小寒在牛头镇徘徊了半天，始终没有勇气踏入那些铁门虚掩的按摩店。她原本以为自己已经掌握了一种轻松赚钱的本领，可是在学校学到的是一回事，用到社会上还是不太一样。

和熟悉的老师上床是安全的，他们不会伤害她，可是陌生男人就不一样了，他们也许是流氓，也许是变态，范小寒想到这里就全身发抖。

就在她即将放弃的时候，她发现有一家按摩店的招牌旁边贴了“盲人”两字。

范小寒忐忑的心一下子平静了，她莫名地想哭，她从小在盲校长大，“盲人”这个词给她安全感，她觉得自己还是应该老老实实做按摩赚钱。

女老板正坐在沙发上发呆，按摩室里有一个客人，看样子可能是其他按摩店的小姐，早晨睡觉落枕了，男按摩师正在给她治疗，有些痛，她一直喘气呻吟，不时还酥麻地尖叫一声。

“您是老板吗？”范小寒恭敬地问。她虽然第一次应聘，但是一点儿也不紧张，她见过一些盲人按摩店，也常听学姐们介绍按摩店里的事情，所以她对这个行业可以说很了解。

“是的，你有什么事？”女老板打起精神，但是依然看得出来她很疲惫。

“你们这边缺按摩师吗？”

“我这边只招盲人。”女老板干脆地回绝。

“我是盲人呀。”范小寒笑了，她掏出残疾证，打开给女老板看，上面的确写着视力残疾。

“哦？”女老板笑了笑，“看不出来啊。”

范小寒微笑着点头，期盼地看着女老板，女老板把范小寒上下打量：长相可以，胸部丰满，腹部收紧，臀部有些松垮，不过那无伤大雅。

女老板很满意，她店里不缺按摩师，但是范小寒这样的人才多多益善。她想到范小寒不仅可以按摩，还可以帮忙打点店里的琐事，最重要的是可以赚外快。女老板现在每个月要交给隔壁的按摩店三千，隔壁按摩店有生意做不过来的时候会分给她，她自己本来也有客源，所以有点忙不过来。

“老板，我出去一下。”男按摩师和女顾客从隔间出来，女顾客把五十块钱交给女老板，然后拉起全盲按摩师的手就往门口走。

“等等，你去哪里？”女老板担心男按摩师出去之后回不来，小姐做生意之前愿意带他，做完生意就不一定还理他了。

“去去就回，去买点东西。”男按摩师不耐烦地边说边走，他要成为女顾客的男顾客，除此之外什么都无所谓，气得女老板直咬牙。他要是回不来，还不得麻烦女老板出去找他。

“你以后就在我们这里工作啦。”女老板看到范小寒就心情愉快，心想那个男按摩师回不来就算了，他也是咎由自取，“我们这边按摩收费是一个钟五十，按摩师的提成是二十，你和我一起住对面，走，现在就去整理一下你的房间吧。”

她们一起去了小马路对面的公寓，公寓楼很旧，女老板租了一个靠近马路的套房，两室一厅，她从窗口就可以看到自己的按摩店。她到公寓接客的时候收钱的任务就交给按摩师，她可以在窗口观察客人的数量，所以不怕被按摩师私自收费。

两个卧室都有床，是房东留下的。女老板一直有招一个专职小姐的打算，不过生意还没好到那个程度，她不敢明目张胆地开，还怕被两个盲人按摩师知道。她想用盲人按摩店掩人耳目，这样的确更安全，但是也导致她放不开手脚，范小寒的出现可以解决她两难的问题，她思考着要怎么把范小寒拉下水。

“晚上我们吃一顿好的，嘿嘿，我请客。”女老板一边帮范小寒整理床铺一边说。

“哦？”范小寒有点受宠若惊，但是不能辜负女老板的好意，于是就答应了。

她们的晚饭还是在公寓里吃，因为女老板还要一边看着窗外的按摩店。订了两大套西餐，花了女老板两百多块钱，聊天中女老板知道了范小寒还是学生，搞不好会招惹学校，于是她觉得不可操之过急。

范小寒在按摩店待了两天，只做了一个客人。店里本来生意就不好，原来的女按摩师开始抱怨了，说按摩师太多了，没必要有三个，还嫌范小寒手法太差，就跟没学过的一样。

范小寒的确还没学过按摩，她很沮丧，于是女老板让她晚上时留在公寓，她安排了一个熟客来调教范小寒。熟客听说有女学生立马就赶来了，范小寒关起门在卧室里做按摩，很快按摩的人就换成男人，范小寒很熟悉这个套路，只做了挑逗性的反抗。女老板真的多虑了，她一直坐在门口操心。

范小寒和女老板一拍即合，生意红火，女老板把那些本来已经叫不动的熟客都重新叫来，范小寒不能每次接客都潮湿，只好用手给客人涂润滑油，往往一个晚上下来都没时间洗手，手总是油腻腻的。

女老板还用范小寒开了几次 P 台，一台能赚两千多，给范小寒的提成却只有六百。老旧的空调咔咔地吹着热气，三个男人挤在范小寒的床上，他们把范小寒随意摆弄，范小寒装出一副痛苦却无力反抗的样子。

范小寒感觉自己突破了生而为人的底线，成为一个柔软的物体，和吱吱作响的铁床融为一体。她自由了，再也感觉不到耻辱，她最需要的是麻木，她感到了虚无，在男人们的环绕中感到深深的孤独。

寒假期间范小寒给林晨的手机打过许多次电话，林晨见到范小寒的号码就挂掉，范小寒最终把电话打到了林晨的家里。

“晨，找你的。”林晨的母亲叫林晨去拿话筒，听口气林晨的母亲很不高兴，在她看来林晨还是一个孩子，根本不应该和异性有任何接触。

“我是小寒。”听到林晨的声音范小寒立刻柔声地说，她的宿舍窗外正在下雨，正是大年初三，没有回家的范小寒感到非常寂寞。

“咳咳。”林晨决定把话说白了，“我不是跟你说得很清楚了吗，我们已经没有任何的关系，再见！”

听着挂断后的嘟嘟声，听着窗外的雨声，范小寒紧紧握着话筒，哭花了脸上的浓妆。

春天带着绵绵细雨降落新学期的校园，夜晚有许多发情的猫在拼命地叫，那叫声充满了痛苦。来自春天的力量折磨着它们，在它们的身体里吹了一股气，逼它们交配，逼它们发泄，不发泄就要被那股气胀破。

春天同样没有忘记废弃教室里的九只瞎猫，其中七只是公的，两只母猫的臀部散发出一股令公猫发狂的气味，公猫们在黑暗中厮杀，它们现在对环境十分熟悉了，可以在桌子之间跳跃，也可以快速出击，柔软的猫掌无声地前行，向对手发动偷袭。

曾经有一只老鼠出于好奇进入这个废弃教室，阿黑凭借听觉拍了那只活耗子一掌，并且把它扔进教室的中心，于是九只瞎猫摆出阵型，把这只老鼠活活玩死了。那是它们一次难忘的集体游戏，那时候的公猫们都是兄弟。

春天让兄弟们反目成仇，雌雄比例的严重失调造成了不可调和的矛盾，阿黑的威望最高，几个回合的交锋之后大家就不和它争了，阿黑闻着叫着，找到了小白，把它推到角落，过起了幸福的私生活。

阿花和小花平时玩得好，小花主动找到了阿花，可是其他的公猫却不愿意成全它们的爱情，阿花在小花的身上运动着，其他的公猫在阿花的身上抓着。

撕心裂肺的嘶吼在废弃教室里回响，鲜血在壮烈的爱情中流淌，阿花把生命的延续送进小花的腹部，完成使命，然后奄奄一息地倒在了地上。另外一只公猫又把小花扑倒，阿花痛苦地叹息了一声，停止了心跳。

范小寒卸去浓妆恢复素颜，拖着空虚的身体回到学校。她一个寒假赚了一万多，她把赚来的一万血汗钱交给了王秀莲，债清了，剩下的一点钱还给自己买了一套新衣服。她觉得很有成就感，觉得自己获得了新生。

可是她很快就发现自己得了病，她的私处不停地流脓，长出红疹，奇痒难耐，连睡着时都在抓痒，被宿舍的同学发现，有同学开玩笑说她肯定在做春梦，她气得说不出话来。

她差不多能算到是哪几个流氓把病传染给她的。范小寒抱着侥幸心理希望他们没有性病，可是她还是中招了，那些有性病的男人很希望把性病传染出去，他们的精神也是病毒性的。

刘实木同样倒霉，开学第一天的晚上他就迫不及待地叫来了范小寒，刘实木做过节育手术，所以他从来不戴套。

不到一个星期他就痒了起来，小便时还疼，尿还没出来先流脓，他很确定是被范小寒传染的，他在心里骂她是婊子，但是他又不敢找她算账，只能默默去医院。检查报告差点把刘实木吓死，有生殖器疱疹，还有梅毒。

范小寒却去不了医院，她没有钱，她以前还可以把残联补助的饭票卖掉一些，可是学校已经把饭票没收了。她可以跟家人要钱，可是从来不给她钱的家人一定会一问究竟，一问究竟之后也拿不出多少钱。范小寒想把一万块钱拿回来，可是她知道这是异想天开。她还去找了林晨，说了自己父亲找王秀莲买六合彩的事，说王秀莲现在逼她还债。林晨的卡里已经存了两千多，不过他说自己根本没钱，最后范小寒只好去了刘实木的家里。

师生两人面对面沉默了一分钟，范小寒忽然哭了，“刘老师，对不起，我生病了，你还是帮我一下好吗？”

刘实木在脑中快速列出公式、算出对策，就像解一道物理题，比如皮球从高楼落下时的加速度。他知道范小寒身上有梅毒，但是他不能告诉她。她也许会狗急跳墙告发他，或者以告发作为威胁要他承担治疗费用。刘实木已经为自己砸下去一万多块钱了，他真想把范小寒打一顿，但是他告诉自己要冷静。

“哎呀，看看你，别哭了，你想多了，我去检查过了，没那么严重。我们两个肯定是一样的，就是皮肤病，我给你药膏，医生就是给我开的这个，效果还不错。”刘实木笑着，在抽屉里拿出一盒全新的药膏，塞进范小寒的手里，还安慰地摸了摸她的头。

“真的吗？”范小寒反而哭得更大声。

“真的。”刘实木说话的声音有些发抖，他意识到自己会延误范小寒的病情，可能会害死范小寒。但是有什么办法呢，他不能为她继续付出代价。

范小寒按照说明书很认真地涂药，疱疹的确好多了，至少不再痒得那么可怕，可是小便时依然刺痛，依然流着不明分泌物。范小寒知道自己的病情没那么简单，她没想到刘实木骗了她，她以为是自己的病情比刘实木严重，而且她还停经了。她打电话给女老板，她想着只有女老板可以救她了，跟她借一笔钱，以后卖身为奴为她工作都没关系。

“老板，我是小寒，在忙吗？”

“哦，是小寒啊，怎么了？”

“我，我生病了，挺严重的，你，你，可以借钱给我吗？”

“哦，你说你是谁来着？”女老板装出一副陌生的口吻。

“我是范小寒啊，我现在去找你可以吗？”

“我不认识你呀。”女老板的声音听起来很可怕，范小寒感觉自己忽然失去了所有的力气，仿佛她那个寒假的时间被抽空，消失得无影无踪，仿佛她的生命是被砍过一刀的瀑布，瀑布只能坠落，粉身碎骨。

二十二

QQ 聊天记录：

周：你为什么要那样帮我修手机？

林：什么？

周：别装了，伟明全告诉我了。

林：这样啊，好吧，什么时候告诉你的？

周：坐火车的时候，我们一起坐的火车。

林：哦。

周：他说你和范小寒分手了，能告诉我为什么吗？

林：你知道了会不高兴。

周：怎么会？你们分手和我有什么关系？

林：有很大的关系啊。

周：不相信。

林：还是相信一下吧。

周西云就此沉默，几天之后林晨又发去消息。

林：在吗？

周：怎么了？

林：你相信了吗？

周：相信什么？

林：你忘得好快，可以听一下聊天记录。

周：不要。

林：那你一直不相信怎么办？

周：不相信就不相信呗。

林：还是相信一下吧。

周：你告诉我，为什么要那样帮我修手机，告诉我的话，我就相信。

林：真的相信？

周：真的。

林：因为，我喜欢你。

周西云又开始沉默，林晨等了一个多小时，再次发去消息。

林：你不是说会相信的吗？

周：相信什么？

林：相信我喜欢你。

周：不对，是相信你们分手和我有关系。

林：一样的呀。

周：怎么一样了？

林：因为喜欢你，所以和她分手。

周：不相信，不相信。

林：你不是说，告诉你为什么那样帮你修手机，你就相信的吗？

周：是说过。

林：那就相信吧。

周：相信，可是，相信又怎么样？

林：也是，唉。

周：答应我一个条件吧。

林：什么条件都答应。

周：开学我还你一千，你必须收下。

林：收下以后呢？

周西云沉默了几天，这期间无论林晨发什么消息她都不回。临近开学时，她说了句开学你就知道了，又继续沉默下去。

开学第一天周西云就把一千元给了林晨，修手机其实是一千一百元，不过伟明说成了一千，林晨当然不会多要那一百。周西云又拿出一包地瓜干送给林晨，说："你对我挺好的哦，哈哈。"

林晨和周西云就这样在一起了，周西云告诉班主任她今年不去高考了，她说自己考不上，就不多花那个机票钱了。他们的高考比较特殊，需要去长春参加长春大学特教学院的单考单招。有的盲校会帮学生出来回的路费，不过周西云就读的这个盲校连老师的路费以及住宿费都要学生分摊，所以考一次试每个学生要花三千块左右，不是小数目。

初三高一合班的教室里充满了欢声笑语，周西云除了上课时间几乎都在林晨的班级，她是一个特别爱笑的女生。除了伟明之外，班里还有两个同学是周西云的老校友，他们可以说许多过去的事，林晨很认真地听，他们几个活跃了全班的气氛，晚自习时也都在说话，只有范小寒静静地坐着，她正在发着低烧。

范小寒本来是报了按摩班的，这样她读完初中最后一学期之后就可以掌握按摩的本领，毕业以后就可以马上工作。可是她只去按摩班上了一个星期课，她身上没有力气，她说自己还想回初三多读几天书，按摩班的胡老师就给了她一本《正常人体解剖学》，让她有空的时候先自学。

范小寒在那本书的“生殖系统”一章看到了阴道和子宫，她现在仇恨这些东西，用水笔把上面的解剖图涂黑了。她身上的这些东西正在腐烂，虽然已经停经却每天要用好几片卫生巾。卫生巾可以跟王秀莲领取，但是范小寒需要的太多，她只能偷偷去生活教室拿。她的鼻子、耳朵、眼睛也流出了奇怪的液体，视力在下降，耳朵常常听到莫须有的响声。

宿舍里、教室里都有人说闻到臭味，臭味越来越浓，有天英语老师说了句你们教室真的很臭，该好好洗洗。那天晚饭过后有将近一半的学生又吐又泻，整栋楼的卫生间都被占满，许多男生被逼无奈跑到操场的草丛边去拉肚子，也有女生把洗澡用的桶拿来当马桶。这是食物中毒。

林晨的症状比较轻，只有呕吐一个问题，因为他每顿饭都只吃三分之一。周西云正巧没去食堂吃饭，她一星期有三天晚饭用泡面改善伙食。伟明和王文天运气好，没吃那道有毒的菜。那道毒菜到底是什么，他们问来问去也没确定下来，而学校根本就不承认有食物中毒这回事。

几个小学部的男老师提着大桶消毒水去宿舍，让同学把自己的饭碗在消毒水里过一遍。林晨看着那桶被过了许多次的消毒水就恶心，把床头柜上的铝饭盒塞进抽屉，对老师说我的饭盒绝对干净，让我中毒的不是我的饭盒。那几个老师看了看林晨，没说什么就走了，他们觉得这个敏感时期还是少说话为妙。

学校虽然不承认食物中毒，却从外面请来一个老护士，运来几大箱输液药水。会议室里坐满了学生，挂起了点滴，有五个上吐下泻特别严重的学生被分别送去了五个医院。因为五个学生如果同时送到一个医院，医院就会怀疑学校发生了食物中毒。

林晨没去打点滴，他跟老师说自己没事。宿舍里没人，他一个人躺着，周西云到男生宿舍看他。林晨见周西云来了很高兴，从床上站起来，忽然肚子里翻江倒海又要吐，他赶忙转身冲到水池边，吐出几大口之后才消停下来。周西云看得很心疼，当林晨吐完回来，她抱住他亲了他的嘴唇，这是他们的第一次亲密接触。

“咦——好臭。”周西云笑着说。

林晨不好意思地喝了一口水，然后重新吻住了周西云，他没有注意到门口。范小寒正站在漆黑的走廊，她也食物中毒了，她刚才晕倒在厕所，也没去打点滴。她的身体非常虚弱，脑袋里嗡嗡直响。她想自杀已经想了一段时间，到了这个晚上，她痛苦得只想解脱。

范小寒想来和林晨说两句话。她想说，对不起；她也想说，我爱你；她还会说，再见。最后她什么也没说，她转身上楼，她发现这个世界上其实没有人愿意听她说话。上台阶的脚步很沉重，她抓着扶手尽力让自己爬得快些。她眼前的世界一片黑暗，黑暗中火星飞舞，谁脱离了世界，谁就立刻发现世界正在剧烈旋转，自转，公转。

范小寒失明了，她原本是这个学校里视力最好的学生，还好这栋楼她熟悉得像自己的家。她从小就把这个学校当成自己的家，这里是她的乐园，她的港湾，她的归宿，她不需要看见也能走到任何一个角落。她不想离开这个家，外面的世界太可怕。

“你爱我吗？”周西云推开了林晨，认真地问。

“爱。”林晨回答，想重新把她抱住，却被她用手臂挡在胸前。

“我要事先告诉你一件事。”周西云的表情特别严肃。

“嗯，好啊。”

"如果你骗我，如果你有一天离开了我，我就杀了你！"周西云用凶狠的口气说，林晨下意识地后退了一步，双腿发软，差点坐倒在地。就在这个时候，窗外传来一声巨大的闷响。

"这是什么声音？"周西云对这个声音感到莫名的恐惧。

林晨根本没在意窗外的声响，他问自己为什么会害怕周西云的"威胁"，他难道会骗周西云吗？他是真的喜欢她的，一定认真，可是他刚才双腿发软的时候明明是心虚。

周西云会说这样的话，说明她已经把生命交给了爱情，她已经被爱情冲昏了头脑，她需要林晨也把生命交出。

"快来救人啊，快来救人啊！"窗外有一个男生在呼喊，声音尖锐得像女声，"有人跳楼了，跳楼了啊。"

二十三

林晨拉开窗户往下看，是一个女人趴在地上，几乎就是趴在他宿舍的窗前。她的头发散开，黏在血里，昏黄的灯光照着这个一动不动的女人，照着这个正在死亡或者已经死亡的人。她的脖子右侧打开了一个缺口，鲜血像黑色的石油在水泥地上喷涌。

“啊——”周西云忽然尖叫，林晨被周西云吓了一跳，她不知道什么时候已经站在他的身边。

“没事没事，别怕。”林晨轻拍着她的背，可是周西云的嘴唇还在发抖，林晨担心她的心脏又要出问题，赶紧把她拉到床上坐下。

楼下没什么人，同学们要么在教室自习，要么在会议室打点滴，那个喊叫的男生是从来不上晚自习的杨坤，他还在发疯地喊着救命。

林晨拿起手机打了120，挂完电话周西云开口说话了，她说：“那个人是范小寒。”

“不会吧。”林晨不太相信。

“她穿的是范小寒的衣服啊，范小寒一直都穿那种衣服。”周西云捂住脸哭起来，哽咽着说，“会不会是我的错？”

“神经啊，跟你有什么关系。”林晨拍拍她的手臂，重新到窗边看跳楼的女生，这回他看出来了，那确实是范小寒无疑。

林晨给周老师打了电话，很快老师们就到了范小寒的身边。没有人上前扶她，谁也没有办法。张副校长也来了，她表情严峻，说不出话。她是看着范小寒长大的，在张副校长的心中范小寒一直很优秀，却又不骄傲，乐于助人，是老师的好帮手。每次吃饭范小寒几乎都要等最后一个打饭，因为她要先把打饭的全盲同学一个一个送到餐桌；每次活动她都忙前忙后，来视察的领导有好几次以为她是年轻老师；她虽然家境不好，却慷慨大方，有一次张副校长遇见一个正在喝酸奶的小学生，小学生说酸奶是小寒姐姐送的……张副校长终于忍不住落泪，心中充满了困惑，她想不通这样乐观上进的好女孩怎么会选择轻生。

医生和护士抬着担架跑来了，他们离开的时候却是走着的。医生说：“你们报警吧，她已经死了。”

“范小寒把手机和钥匙放在四楼走廊的栏杆上，她是从四楼下去的，这边防盗网没问题，非常确定是自杀。”阿勇给张副校长打来电话。

防盗网主要是为了防止学生不小心摔出栏杆，所以铁架没有封死，范小寒是爬过上面的空隙跳下去的。

张副校长让周老师去找遗书，周老师上楼以后她又不放心，赶紧打电话给阿勇，让阿勇赶紧去看着周老师，因为她忽然想到遗书里可能会有对学校不利的内容。

“我知道范小寒为什么跳楼。”林晨从窗边回来，对周西云说。周西云已经躺在床上,她被内心的愧疚折磨得全身发软。

“为什么？”

“被王秀莲逼的，王秀莲是她的债主。”林晨把范小寒父亲赌博以及范小寒卖身还债的事告诉周西云，周西云气得直咬牙。

“居然有这么变态的老爸，还有这么变态的老师，变态，变态，全是变态！”周西云恢复了力气，她坐了起来，“我要为范小寒报仇！”

“为什么？”

“为什么，你居然还问为什么！坏人就应该受到惩罚，还有天理吗？”周西云捶着床板，“气死我了，气死我了。”

“好的，交给我吧，你先上去，他们快回来了。”晚自习时间即将结束，周西云回了宿舍，周老师正在宿舍里翻范小寒的床头柜，阿勇翻开范小寒的床铺，没发现遗书和日记，稍微特别的东西就是一盒治疗生殖器疱疹的药膏，不过他们没能把药膏和范小寒的自杀联系起来。

阿勇一定要找到遗书，于是他们又去了教室，翻遍了范小寒的笔记本，什么也没发现。阿勇甚至翻了林晨的抽屉，怕范小寒给林晨留信。

林晨走进厕所，把门锁上，掏出手机打了110。他把王秀莲说成一个六合彩的庄家，那边的警察认真听林晨介绍，最后问了林晨的银行卡卡号。

“要这个干什么？”

“你不知道吗，举报六合彩有奖金，到时候根据赌博的规模按照等级给你发奖金，你放心，我们这边一定保密。”

“哦，不用了。”林晨觉得王秀莲那个规模肯定大不到哪里去，还是不冒被打击报复的风险了，“对了，那个庄家还放高利贷，这次讨债逼死了学校里一个女生，你们一定要调查一下这个。”

很快学校来了两批警察，第一批去看坠楼现场，第二批去找生活教室，两个警察在三楼走廊遇见了张副校长，向她问了路。

“警察同志。”张副校长一头雾水，警察去生活教室干什么？不过警察没空理她，她只好闭口不语。

两个警察走进生活教室的时候王秀莲正坐在桌子前，她一看见警察就热情地笑了，她以为他们只是来问问自杀的事，结果警察一脸严肃地径直向她走来，王秀莲感觉情况不妙，赶忙堵住其中一个抽屉。

“你怎么了？”警察问，看来犯罪的证据就在那个抽屉里，王秀莲自己暴露了出来。

“我、我、我没怎么。”王秀莲抓起桌面上的钥匙串，找到一把钥匙，她想把钥匙插入锁孔，可是手抖得厉害，一直插不进去。

“还是我来吧。”一个警察拿过王秀莲手上的钥匙串，另一个警察把王秀莲拉到了一边，抽屉没锁，拉开一看，里面有账本，有玄机图，有白小姐宝典，还有一些钱。

翻开账本就知道王秀莲算不上庄家，但是她帮不少人买六合彩，按比例从所收赌资中提成，最重要的是在账本上确实看到了范小寒父亲的名字，旁边的数字是一万,一个多月前划掉了。

王秀莲被带回警局审问，没有直接证据可以证明王秀莲逼死了范小寒，而且范小寒肚子里的孩子以及梅毒也被法医查清楚了。王秀莲在警局表现不错，她把背后的庄家给卖了，所以她交出五千元罚款就被放回了学校。

范小寒原本的确写了一份遗书，一千多字的篇幅更像一篇回忆录，里面有王秀莲，有刘实木，有林晨，还有她的父亲。

但是她撕了遗书，把它冲进了下水道。她在遗书中隐晦地陈述了还债和染病的过程，她发现遗书不仅会损害自己的名誉，还会伤害自己最亲的人。她从小被王秀莲照顾长大，刘实木也对她很好，他们是对她最好的两个人。

还有爸爸，他不管怎么说都是父亲，母亲不能接受她的先天眼疾，而父亲和她同病相怜。她记得很小的时候，刚刚完全失明的父亲背着她在村里走，她给他指路，一开始他们这样走得很开心，忽然她哭了，抱住父亲的头说："爸爸，妈妈走了没关系，你看不见没关系，以后我永远在你背上吧，做你的眼睛！"

学校封锁了范小寒自杀的真实原因，声称她得了抑郁症，同学们怪起了林晨,认为是林晨的"移情别恋"刺激了范小寒，否则范小寒为什么要死在林晨宿舍的窗前?

有两个范小寒的追求者打来电话骂林晨，还有一封骂他的信塞在他的抽屉。林晨也茫然了，他不知道范小寒到底是为什么自杀，她的债一个多月前就还清了呀，而分手就更是上学期的事了，范小寒那个样子又不太可能有抑郁症，她既不会过分乐观也不会悲观，是一个相当理性的人。

想起范小寒生前的样子，林晨就觉得可怕。当范小寒一声闷响落在他的窗前，仿佛同时从天上撒下一张叫作死亡的网。被网住的林晨脱不了干系，夜深人静时他也会怀疑自己真的就是间接的凶手，罪恶感像打嗝一样总在不经意时冒出。

学校组织了一次体检，所有的同学都抽了血，说是查一下乙肝疫苗的接种情况，结果林晨的血液被拿去做了 DNA 比对，因为校领导怀疑范小寒肚子里的孩子是林晨的，最后当然是一场空。

林晨在不知不觉中被重点怀疑，又在不知不觉中洗脱了嫌疑，他把范小寒的死讯发短信告诉刘若水，刘若水只回了两个字：“哈哈”。

二十四

学校领导十分庆幸范小寒跳楼的那天没有军训生，军训是分批的，每一批之间都会隔几天。

新学期的校园因为有了军训生而热闹起来，老师讲课的声音都被恢宏的口号声盖过。窗户的隔音效果很不好，周老师常常讲课讲得紧锁眉头，盲生看不了板书，学习数学本来就很不方便，现在同学们又总是听错数字，这对认真讲课的周老师来说是很头痛的。

阿勇和刘实木那种自学派就开心了，大半节课的自习时间不再冷清尴尬，阿勇坐在讲台上冥思盘算，有时候叫一个学生上去给他捏肩膀。

刘实木则拖着人字拖到窗边抽烟，看操场上的军训，如果有军训生被教官拉出来惩罚或者做俯卧撑，他就给班里的学生形容一番，幸灾乐祸地笑笑。

小学生李超有一个爱好，无聊的时候就借庄淳的手机给电信服务台 10000 打电话，问女接线员月经是什么，或者问你上次来月经是什么时候。他总是开免提，身边围着五六个同学，一群人能这样玩半天，问的问题不断升级，越来越过分。

军训生的到来让李超找到了更刺激的娱乐方式。常常有女军训生喜欢闭着眼睛在盲道上走，体验当盲人的感觉，这时候李超就戴上墨镜无声向女生走去，撞在一起后把女生上下乱摸，装出一副困惑摸索的样子。女生以为面前这个小学生真的看不见，总是自认倒霉。

军训生会在休息时间打篮球，林晨常常把桌子拉到窗边，坐在桌子上看。他挺喜欢军训生的，他们的到来让学校更有朝气。

但是做课间操的时候就难受了，教官会把军训生安排在操场周围，让他们观看盲生如何“身残志坚”地做广播体操，军训生还真的认真观看。林晨站在最后一排，能听到军训生互相讨论夸赞，体操结束后还对他们报以热烈的掌声。

“有没有发现我们就像马戏团的猴子一样？”伟明问林晨，

“居然被围观做操。”

“没办法，他们觉得盲人什么都不会，所以盲人做个广播体操都能成为表演。”林晨苦笑着说。

之前一天要做两遍广播体操，现在把早自习之前的体操换成了集体吹笛，这是为了更加多方位地展现盲生的才艺。吹奏的曲子永远是一首《欢乐颂》，一百多人列出队形，举起竖笛，欢乐的音符响彻大地。

林晨也拿着一根不得不买的竖笛，可是他不会吹，也不想学，每当如此欢快的旋律组成音墙从四周碾来，林晨就感到一片寂静和落寞。

早自习时间林晨回了宿舍，想到床上再睡一会儿，一进宿舍就看到小学生李超蹲在另外一个小学生蔡清澈的床上，林晨问李超蹲在别人的床上是干什么，李超躲闪着不肯回答。

林晨觉得奇怪，干脆把李超拖到地上，李超赶紧提好裤子，蔡清澈的床上被拉了一条大便。原来李超是想趁着宿舍没人的时候暗算全盲的同学，蔡清澈看不见，他一回宿舍就会坐到床上，李超就等着看他的笑话。

“该死的没救了。”林晨骂了一句，把李超抓到生活教室找王秀莲，王秀莲拉着李超去宿舍，在宿舍里把李超大骂一顿，并且要他亲手洗床单。

林晨隔天丢了五包泡面，他知道是被人偷了，不过才五包泡面，他就没放心上，结果 MP3 播放器又消失不见。林晨随便一猜就知道是李超偷的，他把李超叫到天台，叫他把 MP3 交出来。

“我没拿你的 MP3。”李超说。

林晨冷冷一笑，忽然动手打起了李超，一脚一脚地踹，一共踹了五脚，一直踹到了墙角。

“别打了。”李超眼眶红肿地哀求，从口袋里掏出了林晨的 MP3。

五包泡面也还了回来，林晨却没感到轻松，他知道自己和小无赖干上了。牙刷沾着一点黄色物体，林晨只能把牙刷换掉，那估计是被李超拿去刷过厕所的。

林晨直接在宿舍里把李超又打了一顿。他以前从来不打人，可是现在一看到李超就想踹，为了不经常见到李超，也为了不经常换牙刷，林晨换了宿舍，睡到了伟明的上铺，王文天也一起搬了过去。

李超的老大是庄淳，庄淳不停地留级，在这所学校已经待了二十一年，他的人脉非常广，在同学间到处说林晨的坏话，加上范小寒和周西云的爱慕者们嫉恨林晨，林晨在学校里的名声越来越不好。

林晨几乎每天晚上都要在别的教室读卷子给使用盲文的同学抄写，这种读卷子的任务原本是老师的工作，但是老师没那个时间，都分配给自己班级的低视力同学。但是大家都不喜欢给人读卷子，就找林晨帮忙，这种忙越帮越多，最后老师直接就拿着卷子来找林晨。

初三高一合班原本是范小寒负责，范小寒死后自然就落到林晨的头上，结果整个中学部的卷子都由林晨来读，有时候一个晚上要排好几班。

既然这么多同学嫉恨自己，林晨决定不给他们读卷子了，于是他宣布自己视力突然下降，看不清卷子了。这个消息在同学中成了不小的新闻，很多人来关心，但是林晨对那些关心很厌烦。天生全盲的同学因为没看过镜子所以不懂得表情管理，他们嘴上虽然带着担忧的口吻，脸上却写满了幸灾乐祸。

“你一直尽力帮助他们，可是他们最希望的是你成为他们当中的一员，和他们一样完全失明。”

这个发现令林晨心寒，何况他的眼病的确迟早会夺去他所有的视力，当他宣布自己视力下降的时候，似乎真的感觉到自己的视力不如从前。他变得冷漠，除了周西云之外，基本上只跟伟明和王文天说话，对周围的同学非常失望，最不能忍受的是他们无时无刻不在“现场直播”，不管做什么都要说出来，不停地自言自语。

“我起床啦。”

“我得喝一点水，好渴啊。”

“上个厕所去，憋死了。”

“哎呀，我被蚊子咬了两个包，哦不，是三个包。”

……

从小在盲校长大的王文天也有这个习惯，林晨为了这个事情说了他好几次，虽然林晨了解“说话”在盲人圈中的重要性，不愿意直播自己行动和思想的人就是不合群，就是在盲人的世界里隐形。

不能被看见就得被听见，否则自己都不知道自己是谁，人只有在人群中才成为人。不过林晨还是希望自己能离人群远一些，《圣经》中说到一种能同时附在多人身上的鬼，被附的人全部疯掉，那种鬼的名字就叫“群”。林晨通过读书确认自己的存在，他不需要被看见，不需要被听见，因为读书就可以和许多的人精神交流，读书是“想见”。

“想见”可以给失去光明的封闭世界打开窗口，林晨翻墙去书店买了更多的书，他读卡夫卡的《城堡》，读米兰·昆德拉的《生活在别处》，读加缪的《局外人》和《鼠疫》。他读书很吃力，需要趴得很近，随着疲劳度的增加，眼前的字越来越模糊。视疲劳导致他眼前所见的事物快速变色,合上书本,抬头看着不断变色的四周,想起一个词,“色即是空”。

这个世界真实吗?如果它真实,它为什么不停地变色?它最真实的颜色是什么?强烈的虚幻感在林晨的体内扩散,他觉得自己的身体也成了幻影。

空间是虚幻的,时间决定谁是主人。军训生的熄灯睡觉时间和盲生不同,盲生规定十点二十分,军训生规定九点,九点过后庄高明还抱着一把吉他在走廊上自弹自唱。他是盲生中的歌星,学校演出都少不了他。他正在练歌,忽然袁教官跑上二楼,气势汹汹地站在他的面前。

“嘿!这位同学,歌唱得不错啊,但是你别唱了可以吗?我们楼下要睡觉了。”袁教官高声地喊,可能他已经习惯这样说话,也可能他觉得这样说话威力很大。

“我唱歌怎么了?”庄高明冷冷地问。

“该睡觉了啊——”袁教官拉长了声音,直接出手夺下庄高明手上的吉他。

“哦。”庄高明简单地点头，袁教官以为自己的淫威已经镇住了庄高明，就把吉他又还给了他，大步走回一楼。然后他就听到二楼传来一首《水手》，那是庄高明最喜欢唱的歌。

住在一楼的军训生笑成一片，他们甚至想为庄高明鼓掌，他们才不想这么早睡觉。袁教官气得原地爆炸，立刻回头跑上二楼，对着庄高明喊了一个：“给我站好”。

庄高明停止歌唱，叹了一口气，依然坐在走廊的石栏杆上：“盲生这边规定十点二十分睡觉，我十点自然就不唱了。”

“什么十点，我说九点就是九点！”袁教官厉声大喊，声音在操场上回荡。

“他说风雨中，这点痛算什么，擦干泪不要怕，至少我们还有梦……”庄高明抬起头，扫起和弦继续唱，却又忽然中断，因为一只强有力的大手把他从栏杆上拉下，吉他也摔在了地上。

整个二楼宿舍的男生都在听走廊上的动静，气氛一片死寂，没有人敢出门看发生了什么，直到袁教官的脚步声彻底离开才有人出来看庄高明。他蜷曲在地上喘气，因为肚子被打了一拳，胃剧烈地痉挛，导致暂时的呼吸困难。

“啊……啊……”庄高明痛苦地做了两个深呼吸，拿着吉他从地上慢慢爬起，重新在栏杆上坐好，吉他的声音更加清亮，他使出全身力气再次唱起，“他说风雨中，这点痛算什么，擦干泪，不要问，为什么……”

几个教官踩着统一的脚步跑上楼来，这次他们什么也没说，直接把庄高明拖走了。

二十五

学校虽然有钱，但是并不愿意为范小寒的死负任何责任，范小寒的病历他们都伪造好了——原来范小寒得抑郁症已经两年，医药费都是学校爱心支付的。

这么一算，范小寒的家人反而欠学校两万多块，学校说这个钱他们不会要的，范小寒的奶奶在电话里对学校领导千恩万谢，可是范小寒的父亲丝毫不领情。他戴着墨镜拄着盲杖来到学校门口，对着盲校举起一个大牌子，上面用红墨水写着:“逼死学生，还我女儿”。

来参加军训的学生和带队老师进校门时都能看到那个血淋淋的牌子，影响非常不好，老校长开了一个小型的紧急会议，最终敲定赔偿一万元。

“喂喂，我是德育处的主任，学校赔你一万，之前的两万医药费就不跟你算了，你签个名吧，哦不，你按个手印。”德育处主任傲慢地挺着肚子，“别找麻烦了，不然要你还医药费，懂吗？”

“哈哈，你当我是乞丐啊？”范父亲也是见多识广，他听说医院出事故的话都要赔好几十万，闹得越凶越来钱，好多好多钱，够他花一辈子的钱，他要先提一个高价，到时候再降也没关系，“至少要赔我五十万，人命关天，必须五十万！”

“五十万！”德育处主任震惊地喊，“干脆把学校送给你吧！”

“你也不算管事的，叫校长过来吧，我不去里面谈，叫他来这里。”范小寒父亲重新举起牌子，闭上嘴巴不说话了。

德育处主任回去报告了情况，老校长桌子一拍破口大骂，打电话叫来了王标和黄建设。四个人关上门商议已定，趁着午休四下无人的时候，王标和黄建设无声无息地走到范小寒父亲的身边。

“有人吧，谁呀？”范小寒父亲凭借敏锐的听觉还是听到了一点动静，他正准备收拾东西去附近吃饭，王标和黄建设忽然出手，雨点般的拳头落在他的脸上。

王标要抢牌子，可是范小寒父亲把牌子死死抱住。黄建设把范小寒父亲推倒在地，王标扑上去把牌子掰成两半，他还准备继续掰下去，范小寒父亲明白这个牌子肯定保不住了，终于还是松了手。

“救命啊，杀人啦……”范小寒父亲躺在地上惨叫，但是这一带比较荒凉，根本没有行人。王标和黄建设把他抬进了传达室，在门卫的帮助下用透明胶布封住他的嘴巴。

“你还敢吗？”王标问。

范小寒父亲没有反应，他说不了话。

“还敢来你就点头，不来了就摇头。只要不来了，一万块还是给你。”王标说。

范小寒父亲点了头，意思是他还要来。王标启动了老校长的第二套方案，袁教官开了一辆面包车出来，三人一起把范小寒父亲拖到车上，在车上抢走他身上所有的东西，面包车开到一个人烟稀少的村庄，然后把范小寒父亲推到车下。

面包车马上离开，车上三人觉得范小寒的父亲肯定找不着路再去找他们的麻烦，透过后车窗看着躺在地上的对手，王标和黄建设露出胜利的笑容。

没有手机、没有钱，身份证、残疾证也都不见了，范小寒父亲没想到学校老师会下这么狠的手，他坐在原地一边哭一边骂。村里来了一些人，范小寒父亲哽咽着把自己的遭遇浓墨重彩地叙说了一遍，村民十分气愤，有几个好心人决定帮助范小寒父亲，于是他们给范小寒父亲重新制作了一个更大的牌子，上面还是写着“逼死学生，还我女儿”。

范小寒父亲在村民家中过了一夜，次日早晨，两辆载货摩托车喷着灰烟出现在盲校门口，五名村民站在范小寒父亲身边，范小寒父亲大喝一声，举起“逼死学生，还我女儿”的牌子，反着光的墨镜傲然看着校门。门卫大叫不好，慌忙给保卫科科长打了电话。

这回王标和黄建设就不敢打人了，他们笑呵呵地给村民敬烟，拿出假病历证明范小寒的确长期患有抑郁症。范小寒父亲说自己女儿几年前被老师强奸，即使有抑郁症也是学校造成的。王标说你可以瞎说但是你不能血口喷人，范小寒父亲说自己虽然是瞎子，但是从来不说瞎话。双方越来越激动，范小寒父亲扑到黄建设身上扭打，王标不敢打他，只能把他拉开。

“叫校长出来，我不跟你们谈。”范小寒的父亲气鼓鼓地说。

“校长很忙的，你算个什么东西，校长是你想见就能见的吗！”黄建设握紧了拳头，要不是范小寒父亲身边有人，黄建设一定要把他打死。

“校长又是个什么东西，不就是个贪污犯吗！”范小寒父亲咒骂着，王标忍无可忍，扑上去打架，被几个村民一起挡住。

“都给我住手！”纠缠了一阵，老校长真的来了，身后跟着五个教官，穿着迷彩服的教官手里都拿着铁棍，见到这个阵势，村民都有些腿软。范小寒父亲虽然看不见，一听到老校长的声音也条件反射一般地不敢说话。

老校长已经把学生自杀、村民示威的事报告给了市政府，市领导批复由财政支付十万抚慰金。范小寒父亲心里的底数是五万，十万已经超出预期，最后就以十万签了协议。

拿到钱的范小寒父亲在心里感激来帮忙的村民，想着是不是应该拿出三千块给他们表示感谢，但是他又觉得三千太多，不然两千？或者一千？最终范小寒父亲还是没舍得那点钱，村民没计较这些，把范小寒父亲送上了回家的大巴，还交代售票员照顾一下盲人。

大巴开到一半时乘客们听到一阵疯狂的笑声，原本喧嚣的车厢安静下来，只有停不下的笑声还在抽搐。售票大姐疑惑地在车里走了一圈，原来是那个盲人抱着黑包在傻笑。

“你怎么了？”大姐问那个盲人。

“我，哈哈，我，从来没有见过这么多的钱！钱，够我花一辈子的钱。”两行泪水从墨镜下面流出，盲人把黑包抱得更紧了，他决定今天拿出一万元去买六合彩，赌女儿的生肖，女儿的在天之灵会帮他赢钱。

“神经病，别闹别闹，有钱自己藏好。”大姐很为这个盲人担心，他也不怕被抢劫。

盲人完全沉浸在自己的思绪中，他哽咽着继续说：“这钱是我女儿给我挣的，是我女儿挣的，她帮我挣了很多很多的钱，很多很多的钱，够我花一辈子的钱……”

二十六

每周三下午的最后一节课可以理发，有一家大型理发店派志愿者来做义工，伟明和王文天都去理发了，林晨则一个人穿过草丛，爬上墙头看书。

没有军训的日子学校显得特别安静，清风吹着绿叶，鸟儿乘着清风，这是与大自然一起阅读，实在是享受。

不知不觉过去了半个小时，书页上的字迹越来越模糊，该打电话订餐了。天色变暗后，气氛有点可怖，林晨真怕天黑以后在草丛碰到蛇，那片草丛现在茂盛得可怕。还好快餐送得够快，林晨拿到快餐就赶忙往回走，快餐里有两份是带给伟明和王文天的。

回到宿舍林晨惊呆了，居然所有人都在吃泡面，自己床头柜上也摆着一包红烧牛肉味的。

王文天跑到林晨身边，压低自己的大嗓门小声说：“泡面是学校发的，刚才卫生局来了人，调查前段时间的食物中毒，把食堂给封了。”

食堂被勒令整顿五天，学校只好推迟了一批军训，把军训基地的食堂暂时给师生使用。食堂需要买消毒柜和餐具，还有洗菜池需要增加一个。

校长在卫生局领导面前曲腰哈背，领导一走，校长就拍起了桌子。德育处主任开始了调查工作，他要知道是哪个学生给卫生局打的举报电话。

学校有一个心理老师，他原本在小学部教语文，考到心理咨询师资格证后就兼任了心理辅导。的确有一些学生会和他预约，聊聊烦心事，心理老师也会认真记录，然后把有价值的部分报告给德育处，所以心理老师就成了情报工作者。

林晨也曾经做过一次咨询，两个人坐在小房间里无所不聊，心理老师的确很会聊天，林晨几乎什么都告诉他了。他问周老师管不管班级里的学生谈恋爱，林晨闭口不语，心理老师说没关系的，我们做心理咨询的职业道德就是保密，于是林晨说周老师不管的，结果过几天周老师就被德育处主任批评了。

其实心理老师也是残疾人，患有脊柱疾病，身高只有一米四，没有脖子，直接与肩膀连接的脑袋显得特别大，大脑袋上还常常戴着一个像锅盖一样的圆帽子。起初他学习心理学主要是为了自我疏导，拿到证后，校领导十分看重，老校长每次都会给来校参观的爱心人士介绍，说我们学校有一个最最了解残疾孩子的心理咨询师。

德育处首先把所有宿舍的舍长一个一个叫来开会，让他们回去做眼线打听情报，然后当然是让兼任情报工作的心理老师发挥特长进行调查。心理老师平时对每一个学生的性格都有仔细观察，他认为林晨的嫌疑最大。

“林晨啊，有一件事老师想找你帮忙。”他们又在狭小的心理咨询室见面了，心理老师给林晨倒了一杯水，说话的口气非常恳切，似乎真的是要拜托林晨办事。

“什么事？”林晨十分意外。

“有同学不顾大局，胡乱举报了咱们学校食堂，说有食物中毒事件，这样的同学，不太好，是给学校的发展制造阻碍，学校想知道是谁做出这样的错事。”

“知道了又怎么样？”林晨心中火起。

“不会怎么样的，这个老师可以保证，就是知道一下。你帮忙调查一下好不好？”心理老师用眼角偷瞄林晨，观察他细微的表情变化，他把这种调查方法叫作读心术。

林晨起身就走，一次性水杯里的水没喝，回到宿舍的林晨越想越觉得受辱，心理老师居然认为他林晨是会出卖同学的小人，他没想到自己刚刚是被调查了。

德育处又组织了一次作文大赛，全体学生都要参加，主题是“谈谈我的学校”。征文要求里还说可以对学校提出建议，结果那十几个在作文里写出意见的学生成了被监视对象。原来德育处的征文打的是引蛇出洞的战术，所谓征文其实是一次思想检查。

食堂是黄建复的亲戚承包的，按理说添置设备的经费应该承包商自己承担，不过学校帮承包商出了三分之二，因为这个经费是黄建复在批。

卫生局验收通过，食堂重新开放，却有二十几个学生不吃饭了，他们在食堂门前示威。

二十几个人堵在食堂门口，想吃饭的同学都进不去，德育处主任闻讯赶来。他是一个身材魁梧的中年男人，站定后对着学生怒吼：“你们想干什么！”

“我们要求食堂道歉！”有学生喊，二十几个学生都拿着自己的饭碗，而学校前一天就通知以后都用食堂的餐具吃饭，饭碗不许自带。

“你们还自己带碗！”德育处主任觉得这些学生疯了。

“主任您好，请听我们慢慢解释几句可以吗？”林晨挤到前面对德育处主任说，“我们这里很多是食物中毒的受害者，食堂被卫生局整顿，这已经证明食物中毒的确存在，所以我们不需要探讨是否中毒的问题了，是吧？既然食堂发生食物中毒，为什么不道歉？我们不需要赔偿，我们只需要道歉，学校不道歉，又不让我们自己带碗，意思是什么，您以为我们不懂吗？意思就是中毒是我们自己造成的，是我们碗没洗干净，是我们自己毒了我们自己……”

“不是学校想买碗，是卫生局要求的，你们别把两件没关系的事联系起来。”德育处主任打断了林晨。

“我们还不了解学校？学校肯定是把责任推给我们了，说我们盲人不会洗碗，把自己给毒了，所以卫生局才要求换碗。”后排有人喊。

“标准的食堂都是自己准备餐具的，我们以前确实不够规范。”德育处主任说。

“那你能不能告诉我们，这次食物中毒是谁造成的，是怎么造成的？”林晨问。

德育处主任不打算回答问题，他改变了策略，对着人群喊：“你们谁是组织者？我们到德育处慢慢探讨，先让想吃饭的同学吃饭。”

“别中计了！我们没有组织者。”站在后排的高三班同学严潇邦喊了一句。

“严潇邦，你肯定就是组织者，你年级最高。”德育处主任冷笑着说，换来示威学生的一阵嘘声。

形势没有改观，黄建设打电话报告给老校长，老校长原本就在食堂一楼，一楼是老师的用餐区。老谋深算的校长在电话里说了声知道了，继续慢慢吃饭，他要等二楼那帮学生消磨斗志，让想吃饭的学生去骂他们。他还要等一楼的老师们吃完饭，等他们吃完，就可以把一楼食堂空出来作为他训话的场地。这里是他的主场，他知道自己如果上了二楼，可能就只有被学生批判的份。

“我们要吃饭，你们别挡路啊。”想吃饭的学生是多数，他们大多是小学生，挡住他们确实不好。于是商量之后，示威的同学就撤了，回宿舍吃泡面。

香喷喷的泡面刚泡好，德育处主任和黄建设就来通知开会，说话态度相当不错，说是校长要找大家共同探讨。同学们说现在是吃泡面的时间，德育处主任和黄建设也只是说那大家尽量吃快点。

十分钟后大家陆续下楼去食堂一楼，由于没有开灯，整个大厅显得阴森可怖，进去的同学都后悔了，但是想走已经没有可能。十几个身穿军装的教官在食堂里严阵以待，谁进去谁就被抓到一边站好，最后德育处主任数完人头报告已经到齐，教官头子袁教官走到队伍前面大叫一声“立正”，食堂里回声严重，这一声“立正”简直要震破耳膜，大家不由自主就站好了，从此就成了待宰的羔羊。

袁教官有模有样地把向左看、稍息、立正全喊过一遍，伟明没站好，被袁教官抓住脖子拉了出来。伟明站不稳，干脆趴到了袁教官的怀里，袁教官厌恶地一把将他推回队伍，林晨赶忙伸手接住。

“嘿嘿嘿。”伟明笑了笑，袁教官气不打一处来，但是他意识到不能跟伟明纠缠太久，只好放过他。

老校长抽完了烟，用力把烟头扔在地上，从椅子上站了起来。袁教官小跑到校长面前，一个敬礼，林晨以为他要喊出一声“首长”，结果他默默地退到了一边。

“你们，是绿林好汉啊。”老校长先冷冷地开了一个玩笑，又忽然大喊起来，“都知道自己在什么地方吗！”

当然没有人回答他，他的声音还在食堂里回响：“告诉你们，跟我闹事，只有死路一条！”

林晨很难想象一个校长会跟学生说这样的话，不过这毕竟不是一个正常的学校，当双方实力相差悬殊的时候，强者很自然就膨胀了。

“琴房旁边那片草地，我本来要请人除草，现在好了，很好，就让你们去。来！带走，去把草给我拔完，不拔干净不要回来。”校长说完，转身就走回座位。袁教官大踏步来到队伍面前，又是一顿震破耳膜的口令喊出，什么立正、看齐、向左转。然后大手一挥，十几个教官一起出动，把二十几个学生带走了。

二十七

这片草地是学校最大的一块绿地，草并不高，浅草才能没马蹄的高度。林晨站着，看着蹲在地上的同学们，二十几个盲生在这里显得非常渺小，不知道这么广阔的草地要拔到什么时候。

“林晨，你在干什么！”黄建设的声音从不远处传来，“快拔啊！”

拔草队被分成两人一组，一个低视力配合一个全盲，不过低视力稍多，所以伟明和林晨分在一起。伟明对林晨说：“林晨，先蹲下，蹲下以后不拔也没关系的。”

林晨就蹲下了，握紧一把青草连根拔出，有的青草容易拔，有的青草根深蒂固，还有一些特别的植物混在其中。有的植物带着刺，全盲同学已经有人的手出了血，他们甚至不知道自己的手上有血，依然努力地摸着、拔着。

“这件事主要是侮辱性太强。”林晨说，把拔出来的青草胡乱扔在四周，“你知道我们那边的学校食物中毒以后发生什么了吗？家长都去找学校，学校不仅要被卫生局整顿，还要道歉、赔偿。可是这个学校呢，没有家长做出反应。为什么？因为盲校太少，转学不方便，所以只能忍着。”

“我以前不相信‘弱势群体’这个词，今天相信了。那个教官把我丢来丢去的时候就像丢沙包一样，我打不过他，我也不能打他，该死。”伟明把草拔起来以后也是一根一根地分开扔，这样学校收拾的时候比较麻烦。其他同学真的就是按照要求把草集中成堆，教官看到草堆比较高的时候就去收走。

“这样吧，我们赚钱以后，给学校捐款，然后到这片草地建一个纪念碑，你觉得怎么样？”林晨笑着说。

“还捐款？才不捐。”

“建一个纪念碑还是不错的，就叫‘拔草碑’吧，给以后的学校领导做一个警示。你知道盲校为什么不把盲生放在眼里吗？他们认为盲人反正以后都是做按摩，都是社会底层的边缘人，毕业生不可能回来捐款，也不可能有社会能量给学校点颜色看看，所以尽管折磨好了！所以啊，为了在这片草地建一个纪念碑，我们要好好奋斗。”

“好！”伟明的雄心壮志被激发起来，他提高音量喊了一声，引来了黄建设的注意。

“你们两个，视力算是不错的。”黄建设走了过来，“可是拔到现在连个小草堆都没有，怎么回事？”

“我们两个是来玩的。”林晨发现有机会找人理论了，“所以，爱怎么拔就怎么拔。”

“你们是被处罚，端正好态度。”黄建设压住怒火，恶狠狠地说。

“处罚是吗，我可以录音吗？”林晨笑着说，拿出手机，“这样的处罚是属于体罚，根据《教育法》，体罚是被禁止的吧？这里还有这么多未成年人，《未成年人保护法》……”

“别废话了……”

“是啊，不废话了，走啦，我们走。”林晨拉起了伟明，两个人互相扶着肩膀向草地外走去，走到草地边缘的时候林晨站住，转身对黄建设喊道，“忘了告诉你了，我们会回来的，回来可不是拔草，是要建一个拔草碑，哈哈哈。”

“站住！”袁教官挡在了林晨和伟明的前面，“滚回去！”

“对了，袁教官，范小寒最近去找过你吗？”林晨小声地问，一副很认真的表情。

“范小寒？”袁教官全身打了一个寒战，“你什么意思？她，她不是死了吗？”

“就是啊，她既然已经死了，你还问我什么意思干什么？”

袁教官估计林晨知道他和范小寒的事。听校长说范小寒有梅毒之后，袁教官就去做了全面检查，他没有被传染，庆幸自己只和范小寒上过几次床。

袁教官默默地想了想，他不想再听到范小寒这个名字。范小寒现在是敏感话题，简直就是一个屎盆子，要是扣到自己头上可就麻烦了。于是袁教官又压低声音说：“你们两个先在这里坐一会儿，现在回去的话，被校长看到怎么办！”

“好吧。”林晨和伟明在琴房门前的台阶坐下，林晨看着自己的手掌，那上面染着一条条绿色的汁液，他双手合并搓了搓，绿色痕迹依然是那个样子。

黄建设十分困惑，袁教官怎么会让那两个家伙坐下。他也没多问，直接启动老校长安排好的招安方案，对着拔草的盲生喊：“如果有谁认识到错误了，可以来我这边检讨，检讨完就可以走了。”

“靠，好阴险，我们两个会被以为是检讨过的了。”伟明对林晨说。

王文天果然第一个冲到了黄建设的面前，他以为两位兄弟已经带了头，自己也可以检讨的，把林晨和伟明气得半死。

“哎呀，我来了。”王文天检讨了三分多钟，检讨完毕就跑到台阶坐下，又用大嗓门说，“哎呀偶尔拔拔草还是挺好玩的。”

“哈哈哈。”林晨和伟明都笑了，本来想骂王文天几句，听他说出这么牛的话，就放过他了。

“臭文天，你说什么！”王文天的女班主任忽然出现，抓住王文天的耳朵把他拉到了一边继续训话。

林晨看到周老师也来了，还有许多班主任，他们刚被校长训了一顿，说他们没管理好班里的学生。周老师看了看林晨和伟明，表情严肃，一言不发，他走进了草地，拔起了草。

其他的班主任并没有去拔草，看来这是周老师的个人行为。他拔得很快，一个一个小草堆垒起来。同学们一个一个去检讨，拔草的人越来越少，当草地上只剩下周老师一个人的时候，整片草地坑坑洼洼，绿色的部分还占有三分之一。

黄建设走了，其他班主任也带走了自己班的同学，十几个教官走进了草地，他们也拔起了草。

“走吧，我们也去拔草。”林晨和伟明从台阶上站起来，这回他们是自愿的。

太阳已经掉到西边，空中翻滚着绚烂的火烧云，微风吹来，有些凉爽。和周老师一起拔草，林晨觉得很光荣，十几个普通教官也是很好的人，他们之前就一直在找那些带刺的植物，把它们先拔走。

林晨一边拔着草一边思考，学校为什么就不能道歉呢？就是为了维护那一点虚假的权威吗？这样伤害了学生，麻烦了教官和老师，值得吗？

其实不是值得不值得的问题，而是有没有必要。被“劳改”的学生全部做了检讨，弱者永远是错的，强者又何必道歉。

二十八

食堂门前的示威事件让德育处主任有了意外收获，他要找的举报者一定在这二十几个学生当中，范围一下子缩小了不少，调查难度降低许多。

高三班的严潇邦成为新的重点怀疑对象，在德育处主任看来，此人是个唯恐天下不乱的货，喜欢当众发表演讲，梦想成为领导，与班长黄生红关系非常不好。德育处主任要充分利用学生的内部矛盾，秘密召见了黄生红。

德育处主任拿出了一串数字，这是老校长托了关系才弄到的举报者号码，可是这个号码在学生信息库中搜索不到，说明这个号码没有上报。

“你存一下这个号码，到严潇邦和林晨的身边都打打看，不只要打一次，一次不通就找时间继续打，也要顺便留意其他同学，每个人都有可能，交给你了。”德育处主任拍了拍黄生红的肩膀，这就表示了委以重任。

“没问题。”黄生红很兴奋，他对林晨恨之入骨，对严潇邦也非常讨厌。严潇邦在班级里处处和他作对，黄生红想搞他已经很久了。

黄生红和严潇邦同住 203，午休时间寝室十分安静，黄生红躺在床上拨打了德育处主任给的号码，结果是“您拨打的电话已关机”。这是第一次。

黄生红又到林晨的宿舍门前打电话，装成一副正在给老爸打电话的样子，不过结果依然是关机。仇恨是最大的动力，锲而不舍地连打了四天，黄生红终于还是找出了举报者。

一个平静的傍晚，严潇邦刚吃饭回来，他坐到床上，从背包里掏出了一个新手机，黄生红就坐在他的斜对面，看着严潇邦的手机黄生红屏住了呼吸，就像狙击手即将扣下扳机，而严潇邦是全盲，他睁着一双天生只有白眼珠的眼睛看着前方，不知道两米远的地方有人正在瞄准自己。

新手机开机了，严潇邦开始按号码，他准备给老妈打一个电话，结果手机忽然响了，手机设置了来电语音播报功能，开始一个数字一个数字地朗读来电号码。

“这，好像是黄生红的号码呀。”严潇邦自言自语，他觉得困惑，又忽然全身打起了寒战。他想起这个号码只有家人知道，黄生红又如何能打来电话？

严潇邦没有接电话，来电也很快挂了。严潇邦立刻想到可能是自己的举报号码被泄露，这段时间他一直提心吊胆，现在只希望黄生红不在附近，不知道这个手机号码是他的。

“生红，你在吗？”严潇邦声音颤抖地问，口气中已经开始求饶。

“他好像在吧。”另一个全盲同学在旁边说，但是黄生红没有反应，那个同学就又补了一句，“不过看样子是出去了。”

严潇邦起身去摸黄生红的床，黄生红并不在自己的床上，他的床在上铺，他此时坐在别人的下铺。

“嗯嗯，确实不在。”严潇邦松了一口气，给老妈的电话也不打了，把手机关机重新塞回背包，上楼去了。

严潇邦并没有带上背包，晚自习时黄生红悄悄回到宿舍，宿舍里没有人，他打开背包，用那个手机给德育处主任打了电话。

德育处主任看到来电显示的时候吓了一跳，他已经把那个号码存在手机，命名为“找死”。难道“找死”自己找上门来了？结果他听到的是黄生红的声音，他说：“主任好，这个手机确实是严潇邦的。”

“好，知道了！”德育处主任心中的一块石头落地，挂完电话，黄生红删除了最新一条通话记录，他把手机关机后塞回背包，满意地笑了。

学校并没有对严潇邦进行报复，也许就像心理老师保证的一样，学校只是想知道是谁这么多事而已。

没有人再跟食堂作对，大家乖乖用食堂的餐具，私底下却怨声载道。食堂的餐具是学生吃完饭后自己洗，洗完后堆放到架子上，下次吃饭时打饭的阿姨随机拿起一个，所以自己吃的饭是用的别人洗的碗，自己洗的碗下次是给别人吃，这导致大家都不认真洗碗，大家都要用没洗干净的碗。

林晨的饭量越来越小，他不敢用食堂的筷子，必须自己带一双，用自己的筷子把饭碗中心的饭菜夹起来吃，还不能吃到底。所有碰得到饭碗的饭菜都不能吃。

林晨只能增加订餐的次数，可是伟明的现金比较紧张，林晨和王文天愿意每顿饭都请伟明，但是伟明不愿意，所以伟明还是吃食堂的。林晨不希望三个人的吃饭方式出现分歧，也只好硬着头皮吃食堂，不过伟明很快就找出了解决的办法。

“带上这个。”伟明拿出三个光可鉴人的饭碗，分了两个给林晨和王文天。

“哇，你哪里来的？”王文天十分激动，用大嗓门又叫了起来。

“你小声一点啦，当然是食堂里拿来的。”

“哈哈哈。”三个人大笑，从此他们把食堂的饭碗当作自己的饭碗，自己的饭碗自己洗，不需要再用油腻腻的饭碗了。

“我们找到一个可以翻出学校的破墙，你有兴趣吗？”有天晚上，等到教室里的其他同学走光，林晨对周西云说。

“真的吗，那我要出去玩。”周西云兴奋地大叫。

周六的中午，林晨拉着周西云的手穿过泥泞的小溪，破墙就等在他们的面前。

“怎么样？”林晨笑着问，踢了一脚墙壁。

“太棒了。”周西云拍着手说。

周西云虽然身高不低却力气太小，实在上不了墙，林晨只好从下面托了她一把。

范小寒让林晨对性有了阴影，他觉得性与爱情要保持距离，这是他第一次碰到周西云的臀部，立刻感觉到身体里的魔鬼又开始悸动。他忽然想把周西云拉回地面，就在这个小树林里对周西云做点什么。于是他慌忙跟着周西云爬上墙头，望着湛蓝的天空，让自己的内心变得洁净起来。

他们去了离学校最近的沃尔玛，周西云挑选了十几种口味的泡面，他买了一件正在大甩卖的红色毛衣给她，周西云试穿了一下，款式和大小都很合适，服务员说了声你男朋友真好，周西云开心地笑了。

逛了一个下午的超市，他们在附近的餐馆吃晚饭。老板给了两张菜单，林晨把菜单念出来给周西云选择，周西云一边听着一边也趴在桌上看那些她不认识的字。

“美女，你菜单拿反了。”老板站在一边认真地说。

“我就喜欢这么看，怎么了？”周西云把桌子一拍，吓了老板一跳，她又笑了起来，并没有真的生气。

一盆肉汤端上来，周西云直接用小瓷勺舀着喝。林晨有些诧异，他认为应该先舀到自己的小碗里再喝，这是从小养成的习惯。可他又默默地笑了，周西云是对的，这就是情侣喝汤的样子。

走出餐馆他们需要过一条马路，林晨有夜盲症，虽然路灯很亮但视力还是没有白天时候好。林晨想走人行天桥，周西云不想绕路，直接带着林晨往对面走，走到一半悲剧了，他们被铁栏杆拦住了。

“啊，刚才没看到，现在怎么办？”周西云惊慌地说，车辆亮着晃瞎人眼的车灯在他们身边飞驰。

“别着急。”林晨上个月在白天时来过这个路段，凭借记忆判断向左走十几米应该有缺口，他们贴着栏杆前进，终于找到缺口，成功过了马路。

回破墙的时候又出了麻烦，那段路完全没有路灯，林晨一点都看不见，以前这种时候都是伟明带着他，而周西云不熟悉破墙的位置，林晨担心他们两人回不了学校。

“我打电话叫伟明出来找我们。”林晨说着就拿出了手机。

“别找伟明，你要相信我，以后晚上的时候都是我带着你。”周西云坚决地说。

黑暗中的林晨把手机塞回口袋，周西云的决心让他感动，虽然她那么差的视力也不一定能把路带好，比如刚才就被卡在了路中央。林晨紧紧握住周西云的手，这个时候周西云兴奋地叫了一声：“哈，我看到白菜地了。”

林晨和周西云顺利地翻进了学校，周西云下墙的时候林晨扶着她的腋下，她落地后把林晨紧紧抱住，她说：“我总觉得你更爱小寒。”

“怎么可能？”林晨十分惊讶，“我根本就不喜欢范小寒的。”

“可是我经常看见你们抱在一起，然后你都离我很远。”周西云责怪地说。

“原来你以前就经常观察我吗，你是不是早就喜欢我呢？”林晨笑着把话题转移，“还害我追了你那么久。”

“哈哈，你好自恋啊，不要想太多哦。还有，你哪里追很久了？根本就没追过我。”周西云捶了两下林晨的胸口表示抗议，又往旁边走了两步，说，“我要尿尿。”

“啊？”林晨很震惊，想说马上就可以回宿舍了，何必这么着急，可是听声音知道周西云已经脱了裤子，甚至传来了撒尿声。

“你也过来尿尿，这里。”上完小便的周西云把林晨拉住，帮他摆好角度，对准她尿在地上的液体。

“我，我还不是很想上。”林晨不好意思地说。

“哼，必须上，你快点，这样我们的尿才能混在一起，以后我们就会和这些尿一样，永远不分开了。”周西云一本正经地说出了她的歪理邪说。

“居然上升到这个程度啊。”林晨只好拉下裤子撒了一泡，两个人才手拉着手走出了树林。

“你走我前面，这里有光线了，我能看见。”林晨对周西云说。

“是怕老师看见我们在一起吗？我才不怕呢。”周西云紧紧抓住林晨的手，甚至带着林晨走办公楼的大门，站在灯光通明的大厅，周西云说，“林晨，只要你永远喜欢我，我们就什么都不用怕。”

“好。”林晨亲了周西云的脸，周西云把林晨手里的购物袋放到墙边，然后跑到大厅中央的大石柱后面，她笑着喊：“林晨，来追我啊，你不是没追过我吗？”

林晨放下了一切顾虑，管他学校里晚上有没有老师值班，管他大厅有没有监控探头，他向大石柱的后面跑去，周西云立刻逃开，两个人绕着石柱追逐，林晨感觉自己从来没有玩得这么开心，虽然只是这样简单的游戏。他不想那么快追上周西云，想一直这样追下去。

“哎呀，你跑得好慢啊。”周西云的体力不好，反应速度变慢，被林晨用反方向奔跑抓住，她气喘吁吁地靠在石柱上，林晨压住她，在她白皙的脖子上留下一道道唇印，导致周西云围了两天的丝巾。

四月是残忍的季节，一年一度的特教高考就在四月开始了。高三班的班主任李老师要带领四个学生飞去长春，周西云就在这一天去了高二班上课，她要准备下一年的高考。

“你们去长春考试呢，和学校没有关系。”张副校长去高三班做壮行讲话，“所以，安全责任由自己承担，这是协议书，同意的话就签名。严潇邦你按一下手印。”

李老师把文件分发给学生，端着印泥来到严潇邦的身边。严潇邦是班级里唯一一个全盲同学，李老师拿着他的大拇指蘸上印泥，在签名处按了下去。

“虽然你们的考试与学校无关，但是学校受你们的委托，请你们的班主任带你们去考试，李老师纯粹是出于帮忙，你们也可以让你们的家人来带，如果你们的家人要带的话是最好，有没有呢？”

“没有。”四个同学异口同声地回答，他们都了解这是例行公事，以前的学长也是这样，学校就是怕负责任，所以一再强调班主任带队是出于帮忙。

“好，那祝你们考出好成绩！”

去到长春，第一天早上考语文，严潇邦非常紧张，他平时的学习成绩不错，从几次模拟考试上看，考上大学没有问题，但是他要跟黄生红比一个高低。考试即将开始，严潇邦握紧盲文笔在座位上严阵以待，卷子发下来了，却是汉字卷。

“老师，我是用盲文的。”严潇邦说。

“不对啊，你这里登记的就是汉字卷，我们的考卷都是严格按照要求发的。”监考老师说。

“我看不见。”严肖邦捏着薄薄的汉字卷发抖。

“你不要紧张，我去找看看有没有多余的卷子。”监考老师也紧张了，没有黑眼珠的严潇邦绝对是全盲，他此时瞪大了白眼，脸上满是汗水，看起来非常可怕。

考试开始五分钟了，考场里用盲文的同学啪啪啪地答着题，严潇邦的卷子还没来。黄生红坐在严潇邦的斜前方，几次回头看他，越看心情越好。

“对不起,实在没有多余的卷子了。”监考老师终于回来了，她也非常遗憾，“不过你报的确实是汉字卷，你们学校报了四份汉字，我刚才核实过了……”

只听咣当一声，严潇邦晕倒在地上。

二十九

严潇邦被两个学生会的同学送到了校医院，送医院的路上他就醒了，不过医生还是建议输液。学生会主席查到李老师的手机号码，李老师在伪满皇宫博物院接起了电话。

李老师听说到了长春总得去伪满皇宫博物院走一趟，送学生进考场之后他就出发了，借了黄生红的残疾证还能免票进入。博物院不大，就像个别墅，难怪称为伪皇宫，哦不是，是伪满洲国的皇宫，所以才有一个“伪”字。博物院里游客不多,李老师正在蜡像厅跟“溥仪皇帝”和“汪精卫”亲切合影，手机响得真不是时候。

“那拜托你们照顾他一下啦，我得一个小时后才能到。”学校离博物院很远，何况还有溥仪的小电影院和游泳池没有参观。

“告诉他一下,说我卷子报错了。”严潇邦对学生会主席说。

于是手机递到了严潇邦的手里，严潇邦说着说着就哭了，李老师也很吃惊，怎么连卷子都能报错？下午马上就要考数学，已经错过了一门语文，不能再把数学错过！他们这一年的单考单招一共有 112 个盲生来参考，前六十名被录取，所以数学如果能考的话还有一定的机会。

李老师马上打电话给老校长，希望他老人家动用关系跟长春大学的领导沟通一下，结果老校长说你自己看着办，李老师只好放下电影院和游泳池，跑出博物院，打的往学校赶。

四月的长春下着落地即化的雪，地上雪水很多，李老师跑到院长办公室门前时鞋子已经湿透，他穿着湿鞋在门前等了半个多小时，终于有机会陈述情况。可是院长听完以后说，卷子数量是固定的，是审核后发过来的，不可能临时多整出一份。

严潇邦下午还是去了考场，他寄希望于有奇迹发生，可是监考老师依然找不到多余的卷子，监考老师最后还说："其实有多余的卷子也没用，你的成绩是分到汉字组那边统计，你必须要有汉字卷才行。"

后面两天严潇邦都躺在宾馆的床上听电视，等另外三个同学回来后，还得听他们讨论考题。那些难题严潇邦都会做，可是他做不了。这次考试花了三千元，收获还是有的，知道了坐飞机是什么感觉，还摸了摸雪。

"你说严潇邦会不会是被学校坑了？"伟明问林晨。

“有可能哦。”

“可是为什么要坑他？”

“上次我们在食堂门口示威的时候，德育处主任不是怀疑严潇邦是组织者吗？”林晨不知道严潇邦是举报者，他只能从这个方面推理。

“林晨！”一边的周西云生气了，“你们两个，成天怀疑这个、怀疑那个，心理太阴暗了。学校怎么可能会故意坑学生？肯定是不小心的。”

“卷子都能报错？”林晨不服气地问。

“不是说了吗，长春大学那边改了报名方式，今年是在网站上填，第一次填，填写的老师没经验。”周西云提高了音量。

“这么简单明了的事，不可能出错，肯定就是故意的。”林晨也提高了音量，“还有，说什么学生高考和学校没有关系，那为什么学校网站上每年都要贴录取通知书？拿着高考成绩作为学校的业绩，拿着这些业绩去找捐款，这个学校只知道占便宜，不知道负责任……”

“不跟你说了！”周西云大喊一声，跑回了自己的高二班。

“神经病，”林晨也在气头上，“太天真了。”

“哎呀哎呀，”伟明不知所措，这话题是他挑起的，想不到最后讨论成这样，“反正不关我们的事，管他的，别生气了。”

高三班的同学们要毕业了，他们最后回学校收拾行李。黄生红志得意满，他考试结束后就知道自己肯定能考上，严潇邦却郁闷地错过了上大学的机会，他跟学校索赔三千元路费。帮忙报名的是德育处主任，他向严潇邦表达了诚挚的歉意，不过学校说报名既然是帮忙的，就没有必须报对的义务，所以不可能赔偿，下一年一千两百的学费倒是可以给他减免，这是学校的人道主义帮助。

“放屁！放屁！放、放、放你妈的屁！”严潇邦咬牙切齿地骂着，转身就走，却一头撞在办公室半开的门板上，他气不过，又狠狠打了实木门板一拳。

三十

王秀莲虽然做过一些不好的事，但她的确是盲校里最劳苦功高的老师。教学老师在盲校没有教学压力，课程可上可不上，但是生活老师就不同了，王秀莲不仅要保障所有学生的生活安全，还要照顾九个一年级的小学生，二年级和三年级的小学生也不能省心。

九个一年级学生有六个全盲，这六个学生智力发育较晚，几乎没有生活自理能力，交流也有障碍。王秀莲把他们不分男女安排在生活教室的对面，她给他们洗澡，冲厕所，洗衣服，洗床单被罩，三个小低视力虽然能帮点小忙，但是常常偷全盲同学的东西，王秀莲还要像侦探一样推测失物的去向。这种生活范小寒也曾经历过，十年前，范小寒看见王秀莲就像看见真正的妈妈。

这两年盲校时不时出现瞎猫，王秀莲出于恻隐之心，把那些瞎猫养在一楼的废弃教室，但是最近校长决定下学期开设一个没有正式文凭的中专按摩班，要扩张按摩教室的规模，原本的废弃教室被征用，瞎猫们没有容身之地了。

“为什么会出现这么多瞎猫？”王秀莲曾经追查过这个问题，但是一无所获。她想起二十年前自己刚进盲校工作的时候也常问学生的眼病，知道了许多不治之症的病名，视神经萎缩、角膜脱落、青光眼、视网膜色素变性、先天性白内障、脑瘤压迫视神经、炸伤……还有更多叫不出病名的病。即使知道了病名，也无法知道为什么会得那些病，人的失明如同猫的瞎眼一样神秘，她最后只能归结为命运。

吃完晚饭，王秀莲照例把剩饭剩菜带给瞎猫们，这是她给它们最后的晚餐。她把最先吃饱的四只瞎猫抓进纸箱，把它们送到学校附近的一片小树林里。

“它们能活下来吗？”当王秀莲第二次搬来纸箱，之前的四只瞎猫还在原地摸索，最有主意的阿黑从纸箱中跳出，当它发现自己趴在草地上的时候也茫然了，它不知道自己身处何地，最后对着王秀莲的方向喵喵地叫。

“你们毕业了。”王秀莲声音沙哑地说，学生离校的时候她都没这么难过。天空响起一声惊雷，雨点随之飘落，没带雨伞的王秀莲不能继续耽搁，她回头最后看一眼阿黑，迈开脚步跑开。

树林外的雨更大一些，还越下越大，王秀莲没来得及跑进宿舍楼就被淋透，八只瞎猫在夏天的雷暴中恐惧地嚎叫，惊得远近的狗阵阵狂吠。

成群成群的大水蛾扑进教室躲雨，即使关上窗它们也要拼命从缝隙钻入，整个空间响着虫子噼啪噼啪的振翅声，时不时往人脸上、身上落一下。听觉、触觉敏感的盲人最怕这种虫子，全盲女生恐惧地尖叫，许多同学溜回宿舍，躲进蚊帐，晚自习彻底泡汤。

大水蛾怕水，又喜欢光，林晨提来半桶水放在灯下，和伟明一起坐在桶边静静地看，一只一只的大水蛾果然向水中的光影扑去，没一会儿工夫水面就漂满了尸体。

“你说这些大水蛾是有视力还是没视力？”林晨问。

“有视力，所以它们才会向着有光的地方飞。”伟明说。

“但是它们不知道这光其实是水中的倒影，它们被假光迷惑了。”林晨痴痴地看着水面上的飞蛾，想着人的世界。

隔天下午不用上课，全体师生聚到礼堂，市残联给学校送来一百台电脑，校长致欢迎辞后，市残联理事长发表了讲话。

“残疾人的解放是难点，是重点，”理事长是一个五十岁左右的女人，讲话干脆有力，“人类对残疾的理解有过这样几个阶段，最开始是命运模式，这是非常封建的观念了，认为残疾是上天降临的诅咒，是上辈子造的孽，这个模式我们基本上已经把它淘汰。第二阶段是医学模式，用科学的态度看待残疾，认为残疾就是生了病，这样看待残疾已经客观了很多，但是这样的观念使残疾人十分被动，好像残疾之后就只能被照顾，被抚养，这也是落后的观念。现在我们希望进入第三阶段，就是社会模式。

“残疾不是个人的残疾，是社会的残疾，是因为社会没有构建起良好的无障碍环境，才让残疾人无法融入社会，才让残疾人成为残疾人。所以啊，我要告诉你们，没有残疾的人，只有残疾的社会！

“社会已经把‘残废’这个词改成了‘残疾’，我们现在又尽量使用‘残障’这个词。观念的改变是一切改变的开始，我们要让残障人士能平等地参与社会，这是我们现代文明的残障人观，只有保障残障人的各项权益，才标志着所有人的权益都有保障。

“观念在进步，科技在进步，无障碍的建设在进步，你们要从熟悉电脑开始随之进步。我们的电脑是安装语音软件的，用起来非常方便，我那天还闭着眼睛试了一下，可以上网。你们要好好学习，了解这个世界，只有了解了世界，这个世界才是我们的世界。

“特殊教育是实现残障人平等参与社会的根本，盲校的老师们，你们辛苦了，你们需要付出更多的努力。我知道这里面有困难，但是我希望你们克服困难，当我们做老师的相信学生可以为社会做出贡献的时候，我们怎么会放弃？

“同学们，你们更要努力，残障不是你们放弃的借口，残障是你们奋斗的理由。残联对你们充满期望，社会对你们充满期望，你们不会让残联失望，不会让社会失望，对不对？”

“对！”同学们从来没有这样鼓舞振奋，在这个学校，他们一直感受不到重视，他们的学习只是为了表演，比如做操，都是为了表演“自强不息”。今天残联理事长告诉他们，原来他们是真正可以为社会做贡献的人。

“同志们，让我们共同努力，为特殊教育的全面提升，为我们的美好生活而奋斗！”

礼堂里响起掌声，林晨热泪盈眶，他坚信，再残酷的现实也终将被希望打败。

尾声

“嘿嘿嘿，残联送的那一百台电脑的零件，CPU、硬盘、内存卡什么的，阿勇可有的换了，店里的旧零件一下子更新换代啊。”伟明笑着说。

“没关系，让他换去吧，时代的潮流是向上的，那些小人最后一定会被淘汰。”林晨坚定地说，坐在前排的周西云听到林晨说出这样的话，回头给了他一个微笑。

伟明高二毕业退了学，去一家公司做电话推销，因为成功学书籍上说，成功要从学会推销开始。

周西云又放弃了一次参加高考的机会，和林晨成了同班同学，一起上了高三。严潇邦也回来复读了，他的父亲带了许多土特产来给各位领导赔礼道歉，说严潇邦出去做了一年按摩后认识到了自己的错误，说人总是要吃点苦才会懂得感恩，才会知道学校是多么多么好。

在周老师的不懈努力下，高二高三合班终于分成两班，有了一个正规的高三。

把高三班独立出来的最大弊端是需要老师们多上一些课，他们觉得把高二和高三合在一起上课挺好，高三班只有三个人，教导主任说这是博士班才有的待遇。刘实木直接在课堂上批评起周老师多事，林晨也十分同意，他说：“就是啊，何必分班呢，反正都一样。”

阿勇如愿升任副校长，他终于可以不当化学老师了，同学们虽然不希望他当副校长，却更不希望他当化学老师，所以阿勇当上副校长也是好事。

学校招来一位大学刚毕业的年轻老师，新化学老师能把每一个知识点讲得丰富透彻，周西云的化学成绩以倍数级增长。物理则是自学，林晨几次翻墙出去买参考书，周西云读不了汉字书，林晨把内容朗读出来，他们一起学习，一起做题。

由于间隔一年才重新复习，严潇邦的复读效果很不好，最终落榜。林晨和周西云一起考上了长春大学。

长春是一个美丽的城市，有一种南方城市所没有的凄美。秋天一到，林晨喜欢一个人坐在校门口的马路牙上看卫星路的黄昏。整条路的行道树没有一片叶子，枯枝用不同的姿态伸向天空。

学校附近有一个全亚洲最大的雕塑公园，周西云嫌它太荒凉，林晨却流连忘返，没事就喜欢去跟那些雕像混在一起。

一次他正在公园散步时，天上落下大颗的雨滴，是阵雨来了。林晨面前有一个露出半张脸的骷髅头，方圆百米之内没有比这个骷髅雕像更适合避雨的地方，于是林晨从它的眼洞钻了进去。

骷髅头的内部空间正好足够容纳一个人蹲下，林晨在里面躲了十几分钟，从它大大的眼洞看出去，林晨觉得世界更清晰了。雨水让所有的物体加深了颜色，更好地展现出本色。

林晨喜欢上了这个骷髅雕像里的空间，以后每次去雕塑公园他都要钻进去蹲一会儿，蹲在骷髅头里思考，许多问题总能想通。有一次钻出来的时候被两个阿姨碰上，阿姨震惊地看着他，看着他若无其事地走开，然后议论起他的脑袋是否正常。林晨苦笑，旁人会把那个骷髅雕像里的空间当作不吉利的地方，当作“死地”。林晨理解了苏东坡的弟弟苏辙对《道德经》的一句注解：“常在不生不死中，生地且无，焉有死地哉。”

林晨常常在噩梦中回到盲校，许多熟悉的面孔在梦中追杀着他，他一边砍杀一边逃亡。只有一次梦回盲校没遇到鬼，那是一个平静得出奇的午后，林晨一个人在校园里走着，一步一步走到了校门口，身后忽然剧烈地震动，转身一看，学校成了一头巨大的白鲸。

白鲸的大是一种笼统的恐怖感，而白则是直观的惊悚。那种白是纯洁的邪恶，让光明成为另一种黑暗。白鲸还狰狞地张了张嘴，林晨拔腿就跑，不过白鲸没有追来，也许是它不能登上陆地，也许是它原本就愿意放走林晨。

醒后的林晨一阵苦笑，他那段时间刚读完长篇小说《白鲸》，霍布斯的《利维坦》正读到论黑暗的第四部，“利维坦”是一头大鲸鱼的名字，霍布斯用这头大鲸鱼比喻世界。

林晨非常喜欢自由自在的大学生活，周西云却每天都在抱怨。她接受不了室友的怪癖，比如她们宿舍有人喜欢坐在床上刷牙，把水直接吐在地上，原因是宿舍没有卫生间，那个女生懒得去公共水房，看着地上的白沫周西云就想吐，林晨却说习惯就好了。

周西云和过去几乎判若两人，离开盲校的她就像鱼儿离开了水，她习惯了被管理，开放的大学让她觉得冷漠和没有归属感。高中时每天都被复习占满，生活很充实，上大学后忽然有了一大堆闲暇时间，她既不喜欢抱着笔记本电脑看电视剧，也不喜欢读书，时间不知道怎么打发，无聊像一只长在肚子里的手，抓挠着她的心。

“林晨。”晚上的时候林晨正在读小说，周西云打来电话。

“怎么了？”林晨问。

“没怎么，”周西云说，“一定要有怎么才能给你打电话吗？”

“那倒不是。”林晨说，他的思绪依然留在小说里，不知道能跟周西云说点什么。

“嘟嘟、嘟嘟……”沉默片刻后周西云忽然挂了电话，林晨感觉到她在生气，自己的胸口也闷得慌。

周西云还搞过一次夜不归宿，给林晨发短信说晚上要在外面过夜，除此之外什么都不说，手机还关机，让林晨担心到天亮。原来周西云是和一个室友去 KTV 通宵，她以为这样的刺激可以引起林晨的注意。

“你活得太痛苦了吧，这样我也很痛苦。”林晨说，“能不能稍微开心一点？”

“那有什么办法，你每天陪我的时间不超过一个小时。”

“那也比在高中的时候多呀，高中的时候只能偷偷在一起。”林晨困惑地说。

“那能比吗，现在是大学。”

“可是我一直陪着你的话，怎么读书呢？”林晨无奈地问。

“你读那些破书有什么用，你要是读教材我就不跟你计较了，读的一堆莫名其妙的没用书，上学期还挂科，补考也没过，你这样下去估计都毕不了业，就算毕业了也不会工作，我可养不起你。”周西云气愤地越说越大声。

“哈哈哈。”林晨笑了笑企图缓和气氛，他实在找不到反驳周西云的理由，觉得周西云批评得很对。

“你要记住，我才是最重要的。”周西云干脆地说。

“那当然啦，以后就靠你养我呢。”林晨笑着说。

林晨终于放下书本和周西云去逛街，大二和大三，他陪着周西云把东北旅游了一遍，迷恋新鲜感的周西云总能找到新的娱乐场所，还有无数商家在校园里分发传单。周西云希望紧紧地控制林晨，而林晨总是有一种正在浪费时间的罪恶感，爱情渐渐被空虚替换，他们重新开始吵架，终于在大四的时候彻底分了手。

林晨体会到了三观不同有多么致命，从前的林晨认为这不是问题，认为爱情就应该超越一切，但是现在林晨越来越受不了周西云的无知。周西云从小在盲校受的是不正规的教育，知识面非常狭窄，而由于不懂汉字又缺乏学习能力，她将一直处于这种状态。虽然她无知得可爱，但是无知有一个严重的后果，那就是让人陷在琐事之中，照着空洞的惯性生存，不去追求有意义的生活。

“我真想找一个真正爱我的男生，用他的心把你的心换掉，这样就可以把你修好了。”周西云哭着说，想起那个为她修手机的林晨。

“对不起。”林晨也不确定自己的心是不是真的坏了。

林晨的视力一直在下降，由于大五一年用眼过度，他在大学毕业后完全失明。当失明终于来临，林晨感到了自由，因为再也不需要自由。他不再恐惧失明，因为已经失明。一般人认为失明是陷入黑暗，其实失明首先失去的就是黑暗，他的眼前是一堆破碎的光，是这些假光挡住了视线。

林晨在大五那年写了一部长篇小说，大学毕业后这部小说被出版。他成了一个可以勉强糊口的作者，他准备下一部小说写一写盲校，于是约上伟明到“母校”走走。伟明现在是一家小按摩店的老板，两个人时隔五年再见，昔日的温暖立刻涌上心头。

伟明赚到一万元后立刻去做了白内障手术，视力比以前还好一些，两个人互相扶着肩膀走到曾经一起拔过草的空地，伟明跺跺脚，说了声“拔草碑”，林晨会心地笑了。

空地的旁边是一排小琴房，还有一个正在上音乐课的大教室，里面正在排练《欢乐颂》二重唱，有钢琴给他们伴奏。听着歌声林晨忽然意识到，其实这个学校埋葬着自己最快乐的一段青春时光。

“我们学校有很多感人的故事，我来给你介绍介绍。”一个林晨不认识的年轻老师一边对林晨说着，一边翻开一本复印材料。

“哦，不用了，我很熟悉呀。”林晨微笑着说，闭上失明的眼，四周传来咕噜咕噜的水声，一切好像一场身在鲸鱼腹中的梦。

附

访谈：我的生命里始终有光

访谈者：周朝军，青年小说家，作品杂志社编辑。

周朝军：作为一位盲人，你觉得文学对你自身的意义是什么？

吴可彦：我十三岁的时候检查出有视网膜疾病，医生说我的视力会逐渐下降，只能再看十到二十年，这样的“宣判”对青春期的我打击很大，我忽然碰到了一个叫作命运的东西，我需要寻找生活的意义。那时候是小说帮助了我，《老人与海》给了我勇气，《变形记》和《局外人》让我接受现实的荒诞，《小径分岔的花园》让我感受到生命的奇妙，文学帮助我构建起新的世界，新的生活。

周朝军：面对无尽的黑暗，会不会让你文学的触角更加敏感？

吴可彦：我二十五岁的时候完全失明，对比失明前和失明后，确实失明之后对文学更敏感，头脑中的画面可以更快地转化成语言，语言也更快地转化成脑中的画面。因为黑暗迫使我用语言来感知世界，在文学的世界里没有视力障碍，巴赫金说，语言是一种感觉器官，对我来说，文学已经成为感觉器官的代偿。

周朝军：作为盲人，在《盲校》这部长篇中，悲观与控诉的成分很少，更多的是调侃与乐观，能就这一点谈谈吗？

吴可彦：实际上《盲校》写了两稿，第一稿中会多一些控诉，但是写完以后我开始原谅过去了，我发觉那几个反派角色其实只是普通人，是人性本身的罪恶控制了他们的思维，是盲人学生没有能力监督和反抗，才放大了那些罪恶。在第二稿中，我开始用比较平常的心态写作，我开始发现那三年的盲校生活也有许多快乐。那里的老师不怎么上课，没有什么作业，这也有好处，我那几年读了很多课外书，只不过那种快乐是卡夫卡《变形记》里那只甲壳虫的快乐，当它被锁在房间里的时候，它也能爬爬墙找乐子。

周朝军:《盲校》首发于《作品》2020 年第十期，当时我在杂志的邮箱里看到《盲校》，作为第一个接触到稿件的编辑，我并没有因为你的身份降低我选稿的标准，但我估计会有人这么想，你怎么看这个问题?

吴可彦: 这是我一直会面临的问题，因为盲人在生活上确实有许多限制，受到许多的照顾，所以盲人很自然地被视为弱者。当新闻媒体要报道我的时候，总是要我谈如何克服困难，我会告诉他们盲人在文学上是没有困难的，我可以用扫描仪制作电子书，再用语音软件把书读出来，借助语音打字也很方便，我又没有娱乐生活，写作时间很多，所以《盲校》可以写两遍，修改五六十遍。我希望社会可以用普通的眼光来看待盲人文学。

周朝军：盲人写《盲校》，可以说填补了某种文学空白，你是否有继续写此类题材的打算？

吴可彦：在此之前，我出过两本长篇和一本短篇集，都没有写到盲人，因为我只有借助文学才能脱离“盲人”的限制，才能忘记自己是盲人，为什么我还要写盲人？我希望读者不知道或者忽略作者是盲人，但是现实却是逃避不了的，很快我就被贴上“盲人作家”

的标签。盲校生活是一段对我影响很大的经历，是我非常熟悉的题材，《盲校》也是我十几年前就想过要写的一个小说，只是被我的心理障碍不断推迟。我决定通过《盲校》去面对“盲人”的问题，也是面对现实，现在《盲校》帮我克服了内心的障碍，我想今后会继续从自己熟悉的盲人生活里挖掘，看看还能写出什么作品。